中图文库·典雅精装版

宋词

中图文库编委会 编

宋词

序

非常荣幸，受托为优雅美妙的《宋词》作序。

宋词是中国文学史上的一朵奇葩，向来和唐诗并称且具有独特的艺术魅力。词本属于音乐文学，最初都是可以歌唱的，今天的词乐虽然大都失传，可是音乐的节奏和旋律特点还是以词律的形式保存下来。词的句子是长短错落的，韵位也是变化的，一首词还常常换韵。词的语言又是多姿的、文雅的，意象表现特别丰富。

由于词产生得较晚，而且主要用于配乐演唱，这就使它的情感表达多了一些世俗性，可以更为生动地描写世俗生活，更为细腻地表达人的心灵而无所拘束。写别离，有"执手相看泪眼，竟无语凝噎"；写坚贞，有"两情若是久长时,又岂在朝朝暮暮」;写闲愁,有「无可奈何花落去,似曾相识燕归来」;写旷达,便有「竹杖芒鞋轻胜马,谁怕?一蓑烟雨任平生」。论起写日常生活,写人的世俗心灵,没有比宋词更好的艺术。宋词把日常生活审美化,把世俗心灵审美化,所以读宋词,我们会感到更为亲切、更为熟悉,更能触动我们柔软的心灵。

宋词是阴柔婉约的,是绮丽感伤的;是春风化雨、润物无声的;是低回婉转,声情摇曳的。喧哗的世界太需要沉静,功利的社会太需要审美。那么,就让我们坐下来,静静地读几首宋词,安顿一下我们的心灵吧!

二〇一八年八月于北京

宋词·目录

风定落花深，帘外拥红堆雪。

- 点绛唇·寂寞深闺　李清照　〇一四
- 好事近·风定落花深　李清照　〇一五
- 浣溪沙·小院闲窗春已深　李清照　〇一六
- 武陵春·风住尘香花已尽　李清照　〇一八
- 一剪梅·红藕香残玉簟秋　李清照　〇一九
- 踏莎行·春色将阑　寇准　〇二〇
- 定风波·自春来　柳永　〇二一
- 甘草子·秋暮　柳永　〇二二
- 蝶恋花·面旋落花风荡漾　欧阳修　〇二四
- 蝶恋花·庭院深深深几许　欧阳修　〇二五
- 玉楼春·别后不知君远近　欧阳修　〇二六
- 减字木兰花·独行独坐　朱淑真　〇二八
- 菩萨蛮·山亭水榭秋方半　朱淑真　〇二九
- 谒金门·春已半　朱淑真　〇三〇
- 清平乐·凤城春浅　陈允平　〇三一
- 菩萨蛮·柳庭风静人眠昼　苏轼　〇三二
- 蝶恋花·梦入江南烟水路　晏几道　〇三四
- 蝶恋花·槛菊愁烟兰泣露　晏殊　〇三五
- 诉衷情·东风杨柳欲青青　晏殊　〇三六
- 浣溪沙·楼倚春江百尺高　张先　〇三八
- 清平乐·柳边深院　卢祖皋　〇三九
- 喜迁莺·鸠雨细　许棐　〇四〇
- 后庭花·一春不识西湖面　许棐　〇四一
- 蝶恋花·遥夜亭皋闲信步　李冠　〇四二

> 东城南陌花下,逢着意中人。

雨霖铃·寒蝉凄切　柳永

蝶恋花·伫倚危楼风细细　柳永

秋夜月·当初聚散　柳永

青玉案·凌波不过横塘路　贺铸

菩萨蛮·彩舟载得离愁动　贺铸

西江月·携手看花深径　贺铸

小重山·花院深疑无路通　贺铸

渔家傲·近日门前溪水涨　欧阳修

鹧鸪天·彩袖殷勤捧玉钟　晏几道

诉衷情·青梅煮酒斗时新　晏殊

鹊桥仙·纤云弄巧　秦观

浣溪沙·绣面芙蓉一笑开　李清照

点绛唇·蹴罢秋千　李清照

江城子·十年生死两茫茫　苏轼

卜算子·相思似海深　乐婉

钗头凤·红酥手　陆游

钗头凤·世情薄　唐婉

卜算子·相逢情便深　施酒监

最高楼·旧时心事　程垓

忆秦娥·花深深　郑文妻

黄金缕·家在钱塘江上住　司马槱

诉衷情·花前月下暂相逢　张先

卷珠帘·记得来时春未暮　魏夫人

清平乐·恼烟撩露　朱淑真

人生如逆旅，
我亦是行人。

宋词·目录

虞美人·湖山信是东南美　苏轼　〇七八

满江红·江汉西来　苏轼　〇七九

鹊桥仙·缑山仙子　苏轼　〇八〇

八声甘州·有情风万里卷潮来　苏轼　〇八二

南乡子·回首乱山横　苏轼　〇八三

南乡子·东武望余杭　苏轼　〇八四

蝶恋花·簌簌无风花自堕　苏轼　〇八五

临江仙·一别都门三改火　苏轼　〇八六

临江仙·把酒祝东风　欧阳修　〇八八

浪淘沙·把酒祝东风　欧阳修　〇八八

临江仙·记得金銮同唱第　欧阳修　〇八九

满江红·蜀道登天　辛弃疾　〇九〇

鹧鸪天·莫避春阴上马迟　辛弃疾　〇九二

鹧鸪天·唱彻《阳关》泪未干　辛弃疾　〇九三

木兰花慢·老来情味减　辛弃疾　〇九四

蝶恋花·离恨做成春夜雨　杨炎正　〇九五

喜迁莺·花不尽　晏殊　〇九六

踏莎行·祖席离歌　晏殊　〇九八

好事近·飞雪过江来　吕渭老　〇九九

卜算子·水是眼波横　王观　一〇〇

踏莎行·寒草烟光阔　寇准　一〇二

玉蝴蝶·望处雨收云断　柳永　一〇三

相思令·蘋满溪　张先　一〇四

薄幸·送君南浦　韩元吉　一〇五

满江红·红玉阶前　吴潜　一〇六

> 相思本是无凭语，
> 莫向花笺费泪行。

少年游·去年相送	苏轼	一一〇
醉花阴·薄雾浓云愁永昼	李清照	一一一
鹧鸪天·寒日萧萧上琐窗	李清照	一一二
画堂春·东风吹柳日初长	秦观	一一四
减字木兰花·天涯旧恨	秦观	一一五
踏莎行·雾失楼台	秦观	一一六
八六子·倚危亭	秦观	一一七
江城子·西城杨柳弄春柔	秦观	一一八
鹧鸪天·醉拍春衫惜旧香	晏几道	一二〇
临江仙·斗草阶前初见	晏几道	一二一
鹧鸪天·别来音信千里	晏殊	一二二
破阵子·燕子欲归时节	晏殊	一二四
清平乐·红笺小字	晏殊	一二五
玉楼春·绿杨芳草长亭路	晏殊	一二六
半死桐·重过阊门万事非	贺铸	一二七
子夜歌·三更月	贺铸	一二八
夜游宫·叶下斜阳照水	周邦彦	一三〇
三部乐·浮玉飞琼	周邦彦	一三一
薄幸·青楼春晚	吕渭老	一三二
解佩令·人行花坞	史达祖	一三四
苏幕遮·碧云天	范仲淹	一三五
清商怨·江头日暮痛饮	陆游	一三六
鹧鸪天·雪照山城玉指寒	刘著	一三七
鹧鸪天·却月凌风度雪清	孔榘	一三八

宋词·目录

寻寻觅觅,冷冷清清,
凄凄惨惨戚戚。

唐多令·何处合成愁	吴文英	一五二
卜算子·缺月挂疏桐	苏轼	一五三
蝶恋花·雨后春容清更丽	苏轼	一四四
蝶恋花·雨霰疏疏经泼火	苏轼	一四六
蝶恋花·蝶懒莺慵春过半	苏轼	一四七
菩萨蛮·彩舟载得离愁动	贺铸	一四八
南歌子·疏雨池塘见	贺铸	一五〇
声声慢·寻寻觅觅	李清照	一五一
蝶恋花·暖雨晴风初破冻	李清照	一五二
行香子·草际鸣蛩	李清照	一五四
阮郎归·旧香残粉似当初	晏几道	一五五
诉衷情·凭觞静忆去年秋	晏几道	一五六

霜天晓角·晚晴风歇	范成大	一五八
关河令·秋阴时晴渐向暝	周邦彦	一五九
青门引·乍暖还轻冷	张先	一六〇
南乡子·小雨湿黄昏	李之仪	一六二
虞美人·芙蓉落尽天涵水	舒亶	一六三
临江仙·不见跳鱼翻曲港	叶梦得	一六四
青玉案·碧山锦树明秋霁	曹组	一六六
长相思·一声声	万俟咏	一六七
临江仙·愁与西风应有约	史达祖	一六八
忆秦娥·秋萧索	黄机	一七〇
菩萨蛮·断虹远饮横江水	洪瑹	一七一
清平乐·珠帘寂寂	黄昇	一七二

> 世事一场大梦，
> 人生几度新凉？

宋词

- 定风波·莫听穿林打叶声　苏轼　一七六
- 蝶恋花·花褪残红青杏小　苏轼　一七七
- 念奴娇·大江东去　苏轼　一七八
- 洞仙歌·冰肌玉骨　苏轼　一八〇
- 浣溪沙·山下兰芽短浸溪　苏轼　一八一
- 行香子·一叶舟轻　苏轼　一八二
- 沁园春·孤馆灯青　苏轼　一八四
- 西江月·世事一场大梦　苏轼　一八五
- 浣溪沙·一曲新词酒一杯　晏殊　一八六
- 采桑子·时光只解催人老　晏殊　一八八
- 渔家傲·画鼓声中昏又晓　晏殊　一八九
- 西江月·世事短如春梦　朱敦儒　一九〇

- 西江月·日日深杯酒满　朱敦儒　一九二
- 减字木兰花·刘郎已老　朱敦儒　一九三
- 临江仙·身外闲愁空满　晏几道　一九四
- 满江红·过眼溪山　辛弃疾　一九六
- 少年游·长安古道马迟迟　柳永　一九七
- 鹊桥仙·茅檐人静　陆游　一九八
- 石州慢·寒水依痕　张元幹　二〇〇
- 清平乐·留春不住　王安国　二〇一
- 燕山亭·裁剪冰绡　赵佶　二〇二
- 水调歌头·江水浸云影　朱熹　二〇四
- 玉楼春·尊前拟把归期说　欧阳修　二〇五

宋词·目录

春路雨添花，
花动一山春色。

清平乐·金风细细	晏殊	二〇八
少年游·重阳过后	晏殊	二〇九
西江月·满载一船明月	张孝祥	二一〇
鹧鸪天·暗淡轻黄体性柔	李清照	二一二
玉楼春·红酥肯放琼苞碎	李清照	二一三
如梦令·昨夜雨疏风骤	李清照	二一四
西江月·枝泉一痕雪在	吴文英	二一六
好事近·春路雨添花	秦观	二一七
念奴娇·绿云影里	张镃	二一八
卜算子·松竹翠萝寒	曹组	二二〇
好事近·花底一声莺	刘翰	二二一
水龙吟·倚栏看碧成朱	辛弃疾	二二二
花犯·粉墙低	周邦彦	二二四
水龙吟·素肌应怯馀寒	周邦彦	二二五
上林春令·蝴蝶初翻帘绣	毛滂	二二六
望江南·江南月	王琪	二二八
满庭芳·雅燕飞觞	米芾	二二九
少年游·江南节物	杨亿	二三〇
浣溪沙·菊暗荷枯一夜霜	苏轼	二三二
踏莎行·杨柳回塘	贺铸	二三三
东风第一枝·巧沁兰心	史达祖	二三四
踏莎行·命薄佳人	刘辰翁	二三六
汉宫春·潇洒江梅	晁冲之	二三七
扬州慢·弄玉轻盈	郑觉斋	二三八

月上柳梢头，
人约黄昏后。

永遇乐·落日熔金	李清照	二四二
解语花·风销绛蜡	周邦彦	二四三
临江仙·闻道长安灯夜好	毛滂	二四四
人月圆·小桃枝上春风早	李持正	二四六
传言玉女·一片风流	汪元量	二四七
鹊桥仙·碧梧初出	严蕊	二四八
鹊桥仙·翠绡心事	赵以夫	二五〇
蝶恋花·灯火钱塘三五夜	苏轼	二五一
水调歌头·明月几时有	苏轼	二五二
水调歌头·砧声送风急	米芾	二五四
洞仙歌·青烟幂处	晁补之	二五五
蝶恋花·谁向椒盘簪彩胜	辛弃疾	二五六
青玉案·东风夜放花千树	辛弃疾	二五八
满江红·快上西楼	辛弃疾	二五九
好事近·明月到今宵	辛弃疾	二六〇
蝶恋花·明月枝头香满路	吴文英	二六二
菩萨蛮·落花夜雨辞寒食	吴文英	二六三
点绛唇·时霎清明	吴文英	二六四
二郎神·炎光谢	柳永	二六六
生查子·去年元夜时	欧阳修	二六七
鹊桥仙·双星良夜	范成大	二六八
女冠子·蕙花香也	蒋捷	二六九
鹊桥仙·月胧星淡	谢逸	二七〇
扫花游·江蓠怨碧	周密	二七一

风定落花深,
帘外拥红堆雪。
宋词

点绛唇

李清照

寂寞深闺,柔肠一寸愁千缕。
惜春春去,几点催花雨。
倚遍阑干,只是无情绪。
人何处,连天芳草,望断归来路。

　　这是一首闺怨词。深闺之人一寸的柔肠却有万千的愁绪。春天,越是珍惜越易流逝,淅淅沥沥的雨催赶着春天离去的脚步,这正是词人对青春年华逝去的惋惜之叹,词人轻问良人在何处,眼前却只有一望无际的萋萋芳草,目光只能顺着良人归来的道路蔓延下去。词的上片伤春,下片伤情,细腻刻画出深闺思妇肝肠寸断的浓浓忧愁。

○**人何处**:良人在哪里呢? ○**连天芳草,望断归来路**:化用《楚辞·招隐士》"王孙游兮不归,春草生兮萋萋"句意,表达等待良人归来之望。

好事近

风定落花深,帘外拥红堆雪。
长记海棠开后,正伤春时节。

酒阑歌罢玉樽空,青缸暗明灭。
魂梦不堪幽怨,更一声啼鴂。

风停了,帘外遍地落花,红白交替堆在一起。海棠花落,便是伤春之时。开篇二句即由景延情。歌声早已停歇,杯空兴尽,唯有青灯忽明忽暗闪烁不定。梦中哀怨缠绕,难以离去,远处更有杜鹃啼叫送来春鸣。凄清、昏暗、空冷的环境将一位闺中思妇的孤寂与愁苦之情自然而然地流露出来。

○深:厚。 ○长记:即常记。 ○酒阑:喝尽酒。 ○鴂(jué):鹈鴂,古书上指杜鹃鸟。

宋词

浣溪沙

小院闲窗春已深,重帘未卷影沉沉。
倚楼无语理瑶琴。

远岫出云催薄暮,细风吹雨弄轻阴。
梨花欲谢恐难禁。

窗外,小院里的春天已渐渐流逝,深重的门帘也迟迟没有卷起,屋内幽暗阴冷之气更加浓重。倚靠阑干,寂寞却无从道出,唯有缓缓地拨弄瑶琴。远处的山峰被层层云雾笼罩,黄昏将至,柔风吹动细雨,拨弄轻云。院里的梨花快要凋谢,丝丝风雨恐怕都难以承受这哀景。下片描写由室内转室外,体现出词人乍喜还愁的情绪波动。

○**闲窗**:雕花与护栏镶嵌的窗子。○**重帘**:层层门帘。○**瑶琴**:泛指古琴。○**远岫**:远处的山峰。○**薄暮**:指黄昏。

明 仇英 扇面画选八开

武陵春

风住尘香花已尽,日晚倦梳头。
物是人非事事休,欲语泪先流。
闻说双溪春尚好,也拟泛轻舟。
只恐双溪舴艋舟,载不动许多愁。

风雨停歇,花香散尽。日头渐高,却无心打扮。金人南下,丈夫早逝,只留自己孤身独处,睹物思人时,悲伤的情绪不禁一涌而出。听说双溪春色优美,可以去那里划船散心,但"我"只担心那轻薄的小舟载不动那万般忧愁。"轻舟"为下文作铺垫和烘托,"只恐"两字感情跌宕,体现出愁之重,愁之浓。

○拟:准备,打算。

一剪梅

红藕香残玉簟秋。轻解罗裳,独上兰舟。云中谁寄锦书来?雁字回时,月满西楼。

花自飘零水自流。一种相思,两处闲愁。此情无计可消除,才下眉头,却上心头。

荷已伤,香已去,竹席透出阵阵凉意。轻轻地解下衣裳,去水上泛舟。天际白云之处,谁会寄来锦书?大雁空回,月光皎洁,倾洒在西边孤楼之上。表现出词人惦念游子行踪,盼望锦书到达的心情。孤花飘零,独水自流。纯抒情怀,直抒胸臆。"两处闲愁"表明这种思愁不是单方面的,而是双方均有的,可见两心之相印、情爱之笃和信任之深。正因两地分隔,深愁笼罩,此情就当然难以排遣,便"才下眉头,却上心头"了。

◎藕:荷花。◎玉簟:光滑如玉的竹席。◎兰舟:船的雅称。◎雁字:群雁排成"一"字或"人"字形飞行。

踏莎行 春暮

春色将阑,莺声渐老,红英落尽青梅小。
画堂人静雨蒙蒙,屏山半掩余香袅。

密约沉沉,离情杳杳,菱花尘满慵将照。
倚楼无语欲销魂,长空黯淡连芳草。

春色快要残落,黄莺的啼叫也渐渐衰老,青梅三三两两斜挂枝头。"莺声""红英""青梅"表现出春的特征,生动鲜明。迷茫的春雨催促春光匆匆消逝,即将燃尽的一缕轻烟,轻轻地缭绕在画堂,展现出一幅华丽却冷清的画堂之景,映射出女子闺中独守的阴郁之情。回想起花前月下,海誓山盟,万般嘱咐,谁知如今却收不到伊人的音信,盼不回伊人身影。"沉沉"和"杳杳"两两叠字,更加突显女主人公以往昔恋情为念的情愫。

○阑:残,尽。 ○红英:即红花。 ○屏山:即屏风。 ○沉沉:此处指终身之事。
○将:拿。

定风波

自春来、惨绿愁红,芳心是事可可。日上花梢,莺穿柳带,犹压香衾卧。暖酥消,腻云亸,终日厌厌倦梳裹。无那!恨薄情一去,音书无个。

早知恁么,悔当初、不把雕鞍锁。向鸡窗,只与蛮笺象管,拘束教吟课。镇相随,莫抛躲,针线闲拈伴伊坐。和我,免使年少光阴虚过。

虽已入春,但那红花绿叶却依然充满了愁苦。所有的良辰美景映射出的却是词人的无限情伤,使得词人体态消瘦,无心打扮。没将他留在家中,如今心中万般地悔恨又有什么用呢?想象中与他吟诗作词,寸步不离的生活,也只是一场梦了。只有与意中人厮守,才不会虚度青春。整首词抒发了社会下层歌伎们内心的悔恨与对幸福生活的无尽向往。

○**是事可可**:对什么事情都提不起兴趣。○**暖酥**:形容女子肌肤之好。○**腻云**:指女子的秀发。**亸**(duǒ):下垂。○**无那**:即无奈。○**蛮笺象管**:指纸和笔。**蛮笺**:古时四川所产的彩色笺纸。**象管**:即象牙做的笔管。

甘草子

柳永

秋暮,乱洒衰荷,颗颗真珠雨。雨过月华生,冷彻鸳鸯浦。

池上凭阑愁无侣,奈此个、单栖情绪!却傍金笼共鹦鹉,念粉郎言语。

秋天傍晚,颗颗珍珠般晶莹的雨珠滴落在池塘衰败的荷花上。大雨过后,明月升空,鸳鸯浦空寂冷峭。女子独自一人凭栏眺望,忧愁无侣只得独宿,如此地凄凉啊!只有站在鸟笼旁对鹦鹉轻声诉说着那绵绵的思念了,这种自我安慰体现出环境的凄清之感与女子内心难掩的空虚。

○**真珠雨**:珍珠一样的雨滴。○**月华**:月光,月光照射到云层之中,呈现出的彩色光环。○**浦**:水塘。河流入海的地方。○**凭阑**:依靠栏杆,"阑"通"栏"。○**粉郎**:在这里指所思之人。

明 仇英 扇面画选八开

蝶恋花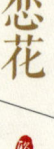

面旋落花风荡漾。柳重烟深,雪絮飞来往。雨后轻寒犹未放。春愁酒病成惆怅。

枕畔屏山围碧浪。翠被华灯,夜夜空相向。寂寞起来褰绣幌。月明正在梨花上。

面前散落的花瓣在微风中飘忽不定,重重水雾笼罩着柳树,柳絮似雪般飘飞。雨后的丝丝凉意使词人春愁醉酒的心情更加惆怅。从枕边望去,屏风般的青山围绕着湖水,周围点点星光也甚是动人。但孤独催人,只能起身,望见花丛之上的月亮缓缓移动。整首词寓情于景,将词人春去忧伤、屋中独处、寂寞如雨的情感表达得淋漓尽致。

○翠:指青山。 ○褰:撩起。

蝶恋花

庭院深深深几许？杨柳堆烟，帘幕无重数。玉勒雕鞍游冶处，楼高不见章台路。

雨横风狂三月暮。门掩黄昏，无计留春住。泪眼问花花不语，乱红飞过秋千去。

此词写闺怨。词风深稳妙雅。上片前三句写"庭院深深"的景象，"深几许"疑问之中流露出丝丝怨言。飞起的烟雾、重重帘幕表现了院中之静，反衬了主人公孤身独处的寂寥之感。向意中人寻欢作乐的地方望去，却看不到通向章台的路。下片前三句中，将封建礼教的无情比作狂风暴雨，将自己被毁的青春比作残花，主人公感叹韶华易逝，年华如水。结句中"泪眼问花"实则是主人公含泪自问，她与残花同命共苦。落红飞向千里之外，烘托了主人公怅然若失的神态。全文情思之切，意境之深，令人动容。

○几许：指多少。○堆烟：形容杨柳生长茂密。○游冶处：指歌楼、妓院。○章台：汉长安街名。

玉楼春

欧阳修

别后不知君远近,触目凄凉多少闷。
渐行渐远渐无书,水阔鱼沉何处问?
夜深风竹敲秋韵,万叶千声皆是恨。
故欹单枕梦中寻,梦又不成灯又烬。

你我分别,相隔多远无从知晓,心中有说不尽的苦闷,渐渐走远,也断了书信,雁绝鱼沉,无处追寻意中人的身影。词人多用"渐"字,写出距离愈来愈远,内心的凄凉愁苦也愈来愈浓。风吹竹叶的瑟瑟声中也夹杂着别愁离恨,本是寻常景物,但其中萦绕着与爱人分离的伤痛。为了摆脱孤苦的现实,只能倚靠孤枕在梦中相见,可梦未圆,床边的灯芯已燃尽,只留自己像残灯一样孤寂冷清。全词寓情于景,情景交融,极力渲染了思妇秋夜不寐的愁苦之情。

○鱼沉:鱼沉不传书。古代有鱼雁传书的传说,这里指无书信。○欹(yǐ):倾斜。

明 仇英 扇面画选八开

减字木兰花·春怨

朱淑真

独行独坐,独唱独酬还独卧。
伫立伤神,无奈轻寒著摸人。
此情谁见,泪洗残妆无一半。
愁病相仍,剔尽寒灯梦不成。

开篇首句,词人用五个"独"字,深刻地表达出寂寞之心、无奈之情。独自伫立,久久凝望让人神伤,无奈这春寒招惹起阵阵愁绪。词的下片进一步叙愁情,这份愁情却无人看见,只让主人公泪流满面,粉妆被冲洗得一干二净。因愁生病,愁病相交,寒夜独灯,痛苦孤独让人久久不能入眠。对于孤独的闺中人,只写这一泪、这一夜的悲苦,其他日子也可想而知了。整首词篇幅虽短,情感却表达得十分充沛,悲伤之情久久萦绕心间。

○相仍:依然,依旧。

菩萨蛮

朱淑真

山亭水榭秋方半,凤帏寂寞无人伴。
愁闷一番新,双蛾只旧颦。
起来临绣户,时有疏萤度。
多谢月相怜,今宵不忍圆。

春秋之时多美景,在词人笔下却略为冷淡忧伤。远处山上的小亭和近处水面的楼台,全都映入眼帘,但"良辰美景奈何天"。词人独自一人躺在帷帐中,双眉间凝结的是旧愁,心中却早已生出新愁。"新""旧"二字作对比,更加突显出词人愁之浓。辗转反侧,孤枕难眠,词人独自坐在窗前,眼前飞过点点流萤,孤寂之情难以消遣。天边的一轮残月,仿佛也在可怜词人的寂寞忧愁。

○榭(xiè):指建于高台或水面之上的木屋。 ○凤帏(wéi):指闺中的帷帐。 ○蛾:指女子的眉毛。 ○颦(pín):动词意为皱眉,形容词意为忧愁。 ○绣户:华丽的住所,多指女子的闺房。

谒金门

朱淑真

春已半。触目此情无限。
十二阑干闲倚遍,愁来天不管。

好是风和日暖,输与莺莺燕燕。
满院落花帘不卷,断肠芳草远。

词人通过对暮春视觉感受的叙述,表现出内心无限的伤感之情。"闲""遍"两字表现出孤独之久,时时被愁情缠绕却无法排遣,只能发出"愁来天不管"的怨恨。风和日暖的春光下,莺燕双双飞舞,自己却形单影只。垂下窗帘,不忍看到满园的落花。芳草蔓延到天边,心中那令人断肠的思念也无限蔓延。全词言有尽而意无穷,一个凝眸远方、忧伤不能自已的思妇形象跃然纸上。

○**十二阑干**:指十二曲阑杆。出自李商隐《碧城三首》的"碧城十二曲阑干"。
○**输与**:比不上,不如,不及。 ○**芳草**:象征所念之人。

清平乐

凤城春浅,寒压花梢颤。
有约不来梁上燕,十二绣帘空卷。

去年共倚秋千,今年独倚阑干。
误了海棠时候,不成直待花残。

这是一首描写闺妇之思的词。初春之季,寒气将花梢打颤,"压"字表现出寒气的沉重感。黯然的气氛,暗示主人公幽怨的心境。下句写燕,来寄托思妇沉重的心事。燕子违约,未能将芳信送达。便用"十二绣帘空卷"将思夫的烦恼迁怒到燕子身上,"空卷"表现出思妇盼燕归来的急切和对燕子不来的惆怅之情,她对远方之人的思念之态跃然纸上。下片中,用"去年"来追忆往事,与下句"今年"形成对比,又突显寂寞凄凉之感。意中人未能及时赏花误了时候,花朵已成残花,女子以"残花"自喻,流露出相思之重,埋怨之深。

○**凤城**:指南宋京城临安。○**十二绣帘**:泛指帘幕。

宋词

菩萨蛮 回文·夏闺怨

柳庭风静人眠昼，昼眠人静风庭柳。
香汗薄衫凉，凉衫薄汗香。
手红冰碗藕，藕碗冰红手。
郎笑藕丝长，长丝藕笑郎。

柳亭无风，闺人困倦而眠；昼眠正熟，风起柳枝摇晃。前句写"风静"，后句写"人静"，静中见动，动中有静，颇有趣味。微风吹汗，薄衫清凉，凉衫又透出丝丝汗香。以一"凉"字穿起，夏闺昼眠的形象自可相见。端起冰凉的拌藕丝小碗，却又弄凉了她红润的双手。郎笑碗中藕丝太长，她吃着长丝藕，嘲笑着她的情郎。笑郎，大概是笑他的太不领情或是不识情趣吧。郎的情意不如藕丝之长，末句开始露出"闺怨"本意。

○藕：谐"偶"。○丝：谐"思"。

明 仇英 扇面画选八开

蝶恋花

梦入江南烟水路,行尽江南,不与离人遇。睡里消魂无说处,觉来惆怅消魂误。

欲尽此情书尺素,浮雁沉鱼,终了无凭据。却倚缓弦歌别绪,断肠移破秦筝柱。

梦中游荡在那烟水笼罩的江南路,走过万水千山,也只为能与意中人相见,此处可见词人的思念之深。梦中触摸不到意中人的苦楚之情无处诉说,梦醒之后,回顾梦境中的点点滴滴,忧愁之情更进一层。想将思念之情写信向你传达,可是雁去鱼沉,最终也未能把思念寄出。相思之情无处排遣,无处表达,无奈只能拨弄秦筝,声声都是我的断肠之音啊,即使将筝柱移破也无法向你传达思念。此词上片叙梦中思念,下片叙梦醒遣怀,淡语有味,浅语有致,风格独特,沉挚有力。

○**尺素**:书写用之尺长素绢,指简短的书信。**素**:指白绢。○**浮雁沉鱼**:代指传递书信的使者。○**终了**:意为即使写成书信。

蝶恋花

槛菊愁烟兰泣露,罗幕轻寒,燕子双飞去。明月不谙离恨苦,斜光到晓穿朱户。

昨夜西风凋碧树,独上高楼,望尽天涯路。欲寄彩笺兼尺素,山长水阔知何处!

栏杆外的菊花笼罩在层层轻烟之中,仿佛也含着愁,兰叶上挂满的露珠好像流下的滴滴泪珠。词人将情感移于景物,其中透露出丝丝的哀愁。罗幕之间阵阵轻寒流动,燕子也双双归去,这更添了词人的孤独。"明月"本是无情之物,只顾光照朱户,词人却借月光有力地表现出主人公内心的离恨与惆怅。碧叶被秋风吹落,独自登高时,望见那山路沿着天涯慢慢消逝。山水迢迢,我又能将书信寄给谁呢?无奈只留下"满目山河空念远"的悲伤之情。

○**罗幕**:丝罗的帷幕,富贵人家所用。○**朱户**:朱门,指当时的大户人家。○**彩笺**:彩色的信笺,可以供题咏和写信用。

诉衷情

东风杨柳欲青青,烟淡雨初晴。
恼他香阁浓睡,撩乱有啼莺。

眉叶细,舞腰轻,宿妆成。
一春芳意,三月如风,牵系人情。

词的上片以景衬情,开篇先描绘一幅春景图:东风吹拂,柳枝隐隐萌发春意,烟雾疏淡,散发出迷蒙的意态。一个"恼"字承上启下,以乐景衬哀情,把离情表现得更加强烈。女子视春色而不见,闻莺却生恼恨。下片中"眉叶""舞腰"既写柳也写人,"宿妆"写出女子无心梳洗打扮,流露出一种难言的忧伤。最后三句点明题旨,柳芽生出阵阵春意,三月的和风,都牵系着女子的情思。全词借一幅浓春美景,巧妙地将柳枝的纷乱与人物的内心相结合,衬托出了闺中女子的春怨之情。

○香阁:指女子的闺房。○宿:一晚,一夜。

明 仇英 扇面画选八开

浣溪沙

张先

楼倚春江百尺高,烟中还未见归桡。几时期信似江潮?

花片片飞风弄蝶,柳阴阴下水平桥,日长才过又今宵。

起首两句写思妇登高凭栏远眺,春江之上雾气蒙蒙,点点白帆由远及近悠悠地行驶着,却怎么也看不见丈夫归来的船只,这是怎样的孤寂之情啊。思念之时,也埋怨未归来的丈夫:你还不如江潮守信用,江潮定期涨落,你却迟迟不归。表现出主人公幽怨与期待的复杂心理。下片因景触情。彩蝶般的落叶随风飘飞,一年又快要结束了。柳荫下的春波与两岸相平,丈夫却不知随潮早归。每个凄凉的夜晚孑然独处,度日如年。行文至此,已将度日如年的离别之苦写得含蓄而深沉了。

○归桡(ráo):指归舟。桡,划船用的桨,常代指船。 ○期信:遵守承诺,遵守约定的时间。 ○弄:戏弄。 ○阴阴:指柳荫幽暗。

清平乐

柳边深院。燕语明如翦。消息无凭听又懒。隔断画屏双扇。

宝杯金缕红牙。醉魂几度儿家。何处一春游荡,梦中犹恨杨花。

柳树旁的深院里,女子独自居住,听着那明亮清脆的燕鸣,仿佛是向她传播意中人归来的消息,可女子总是被现实欺骗,已经懒得听了,索性将窗户关起来,与这一切隔绝,不闻不问。下片写女子每日饮酒唱曲儿来慰藉自己的灵魂。以杨花为喻,将自己内心对意中人无情放荡的抱怨倾吐而出。爱恨交加,苦楚万千,就连做梦都无法将这一切消遣。

○**消息无凭听又懒**:指燕子送来意中人归来的消息并不可靠,懒得再听了。○**宝杯**:指酒杯。○**红牙**:指调节音乐节拍的拍板,多用檀木做成,颜色为红。

喜迁莺

鸠雨细,燕风斜。春悄谢娘家。一重帘外即天涯,何必暮云遮?

钏金寒,钗玉冷。薄醉欲成还醒。一春梳洗不簪花。孤负几韶华。

词以暮春景色开篇,用"鸠雨""燕风"巧妙地写出了暮春景象的特点,为下文作了铺垫,同时也和下句女子不愿被锁深闺作对比。女子怨恨天色迟迟不放晴,暮云遮挡住了她的视线。词人以细腻的笔触刻画出女子无法与心上人相见,继而将怨气撒于帘子和暮云的心理。"寒""冷"二字,衬托出女子内心的失望凄凉,"薄醉"也不能将内心的苦楚排遣。把鲜花白白丢弃,让春光白白流逝,可是却又于心不忍,表达出女子内心的沉重之感。

○谢娘:指思妇的形象。 ○暮云:黄昏时的云霞。 ○钗玉冷:形容春寒,内心孤独。
○孤负:指辜负。

后庭花

一春不识西湖面,翠羞红倦。
雨窗和泪摇湘管,意长笺短。
知心惟有雕梁燕,自来相伴。
东风不管琵琶怨,落花吹遍。

女子因良人远行,心情不佳,一春未与西湖谋面。因面色无华,而羞看绿叶,倦赏红花。前几句表现出女子的郁郁之情。窗外的雨如同泪水般汹涌,提笔写信想把心中的情感一吐为快,可信笺却这么短,怎么能容下女子的万千思念呢?空房只有燕子相伴,此时的心情也只有燕子理解,其寂寞与孤高之感跃然纸上。女子常常将自己的哀怨寄情琴弦,幽怨的琵琶声伴着被春风吹散的落花,哀叹韶华易逝,自己在离愁别恨中流逝了青春。

○湘管:指用湘竹做的笔。

蝶恋花 春暮

遥夜亭皋闲信步,才过清明,渐觉伤春暮。数点雨声风约住,朦胧淡月云来去。

桃杏依稀香暗度。谁在秋千,笑里轻轻语?一寸相思千万绪,人间没个安排处。

"遥夜"说明入夜已有了一段时间,词人在亭台踱步,"闲"字点染出随心所欲的样子。清明刚过却有伤春之感,这是词人内心的忧郁所致。零零落落的雨滴随风飘落,月亮被云雾环绕,洒下朦胧之光。下片句风突转,词人遐想之时,传来阵阵女子荡秋千的嬉笑声,伴着空气中的幽香,词人内心产生一番好奇,思绪万千。想起意中之人未能陪伴,常常魂牵梦萦,这广阔天地,竟无一处可排遣主人公的思念与忧愁。诗的最后四句,前两句用暗笔透视出词人过往的欢愉生活;后两句,浓墨重笔,将相思之情表达得淋漓尽致。

○遥夜:漫长之夜。○亭皋:指水旁的平地。○风约住:像被风管束住。○暗度:不知不觉中过去。

明 仇英 扇面画选八开

东城南陌花下,
逢着意中人。

宋词

宋词

雨霖铃

寒蝉凄切。对长亭晚,骤雨初歇。都门帐饮无绪,留恋处、兰舟催发。执手相看泪眼,竟无语凝噎。念去去、千里烟波,暮霭沉沉楚天阔。

多情自古伤离别,更那堪冷落清秋节!今宵酒醒何处?杨柳岸、晓风残月。此去经年,应是良辰好景虚设。便纵有千种风情,更与何人说?

　　此词为词人从汴京南下时与一位恋人的惜别之作。"寒蝉""长亭""骤雨"点出了萧瑟凄冷的环境,渲染出凄凉伤感的气氛。"都门帐饮"又叙离别之情,"无绪"有"剪不断,理还乱"之意,表达出不忍离别的苦楚。依依不舍之时,船家又阵阵"催发",千言万语在喉间无法诉说。都说"多情自古伤离别",更何况在这萧瑟寂寥的秋季。"柳"即为"留",情景交融之时表达出诗人的凄楚惆怅。纵有良辰美景,没有心爱的人共赏,也只不过是虚设罢了,词的后四句更深层次地表达出词人的思念之情与伤感之意。

○**长亭**:古代在交通要道边每隔十里修建一座长亭供行人休息,靠近城市的长亭往往是古人送别的地方。○**都门**:国都之门。这里代指北宋的首都汴京(今河南开封)。○**帐饮**:在郊外设帐饯行。○**兰舟**:船的美称。○**经年**:年复一年。

蝶恋花

柳永

伫倚危楼风细细,望极春愁,黯黯生天际。草色烟光残照里,无言谁会凭阑意。

拟把疏狂图一醉,对酒当歌,强乐还无味。衣带渐宽终不悔,为伊消得人憔悴。

这是一首怀人之作。上片写登楼所观所感。词人伫立于高楼之上远远眺望,春风吹拂,愁思从内心无限涌出,天色蒙蒙,又有谁会理解词人凭栏的苦楚呢?下片描述词人苦中寻乐的心绪。想尽情纵酒,一醉方休,谁知在这歌声中高举酒杯时,才深感强求乐趣反而毫无趣味。自己的身体日渐消瘦也无妨,为了心中的女子情愿憔悴。词人把漂泊异乡的孤苦之感与思念心中女子的愁苦一起细腻地表达出来。结尾两句将感情推向高潮,激情回荡,使整首词充满感染力。

○危楼:高楼。○望极:极目远望。○疏狂:狂放不羁。○衣带渐宽:指人逐渐消瘦。○消得:值得,能忍受得了。

秋夜月

柳永

当初聚散。便唤作、无由再逢伊面。近日来、不期而会重欢宴。向尊前、闲暇里,敛著眉儿长叹。惹起旧愁无限。

盈盈泪眼。漫向我耳边,作万般幽怨。奈你自家心下,悒别无萦绊。待信真个,恁别无萦绊。不免收心,共伊长远。

回忆离别之时,曾说无缘再见,谁知如今却再次相逢。闲暇时饮酒,见你皱眉叹气,流露出的只有无限忧愁。你眼里泛着泪光,在耳边低语万般怨恨,我也万般无奈不能陪在你身边。等到毫无牵挂之时,我便与你永久相伴。此词是一段悲欢离合的故事,词人将两人偶然相遇的场面描写得动情逼真,上片描写见面之后彼此的神情与内心,女子楚楚动人的神态勾起词人对旧爱的情思。下片叙述两人互不约束真情对白的情景,多希望有缘可以永久相爱啊。

明 仇英 扇面画选八开

青玉案

凌波不过横塘路,但目送、芳尘去。
锦瑟华年谁与度？
月桥花院,琐窗朱户,只有春知处。

飞云冉冉蘅皋暮,彩笔新题断肠句。
若问闲情都几许？
一川烟草,满城风絮,梅子黄时雨。

不愿再走上那条横塘路,只用目光远远相送。青春年华之时,谁又与你同度呢？月台、花榭、窗子、朱户,唯有春天才会知道她的居所。挥笔写下愁断肠般的诗句,试问闲情愁绪有几分,像是那"一川烟草,满城风絮,梅子黄时雨"。词的上片描写了偶遇佳人却不知住处的惆怅之情,同时也有怀才不遇的感怀。下片写因思念引起的缕缕愁思。整首词虚写相思之情,实抒郁郁不得志之"闲情",构思新颖,引发无限遐想。

○凌波：形容女子步履轻巧。○芳尘去：形容女子已离去。○琐窗：雕刻连续花纹的窗子。○蘅皋(héng gāo)：沼泽中生长香草的高地。

菩萨蛮

彩舟载得离愁动,无端更借樵风送。波渺夕阳迟,销魂不自持。

良宵谁与共,赖有窗间梦。可奈梦回时,一番新别离!

上片构思奇特,细腻地描写了词人与情人分别之后内心的一波三折。"彩舟"载人缓缓离开码头,忧愁也从中驶来。船随着顺风飞快远去,岸边送行之人的身影也渐渐模糊,词人内心无限感慨:为何在此时"无端"送来顺风。烟波渺茫,孤舟之上,离人便有了"销魂不自持"的感慨。下片中,"良宵谁与共",是明知无人共度良宵而故作设问,突出了除心上人之外没有别人可以和自己共度时光的执着痴情。结句把梦境与梦醒后作对比,又添"一番新别离"之痛,言有尽而意无穷。

○**彩舟**:指行人乘坐之舟。 ○**无端**:无缘无故,没有来由。 ○**樵风**:指顺风。

西江月

携手看花深径,扶肩待月斜廊。
临分少伫已伥伥,此段不堪回想。
欲寄书如天远,难销夜似年长。
小窗风雨碎人肠,更在孤舟枕上。

本词写与情人的别后相思。开篇二句,以工整的六言连句描述了昔日的欢快场景:情人携手共赏花,神态优雅,情意绵绵。接着两句由欢情转悲情,情感陡然陷入了悲凉之中。"伥伥"二字表现出主人公惜别之时的悲伤迷茫之感,"不堪"与前句相呼应,更加表现出回忆时的痛心凄婉之情。下片语意层层深入,词人叙述了内心愁苦的原因。和心上人分别之后,见面固然成为痴想,不料就连互问愁肠也无法实现。听着雨落之声,词人不禁肝肠寸断,结尾将羁旅愁思、宦途怅触与恋情相融合,句句紧逼,层层深入,情意厚婉。

○**伥伥**:惆怅,迷茫不知所措的样子。

小重山

花院深疑无路通。
碧纱窗影下,玉芙蓉。当时偏恨五更钟。
分携处,斜月小帘栊。

楚楚冷沉踪。一双金缕枕,半床空。
画桥临水凤城东。楼前柳,憔悴几秋风。

梦中在幽深的花园里,主人公正"疑惑"为何无路可走,刚走过回廊,恍然间看到芙蓉一般的心上人站在阴影之下。良辰美景,欢愉苦短,情意绵绵,却又不得不分离。语气低沉,令人伤情。离别之时,冰冷的月光洒向窗棂,更添凄清的氛围。下片笔锋突转,将梦境一呼而醒。梦醒之后,只有空荡荡的床陪伴,所念之人远在京城以东,几度秋风中的杨柳树,也更显憔悴与落寞。词的上片写虚,下片写实,化虚为实,将景物化为情丝,真乃笔墨之妙,表现了主人公对所恋之人的诚挚深情。

○**玉芙蓉**:即美人。○**芙蓉**:指荷花。○**五更钟**:指晓钟。○**分携**:分别。○**踪**:足迹。指梦中的往事。○**凤城**:京城。

渔家傲

欧阳修

近日门前溪水涨，郎船几度偷相访。船小难开红斗帐，无计向，合欢影里空惆怅。

愿妾身为红菡萏，年年生在秋江上；重愿郎为花底浪，无隔障，随风逐雨长来往。

词的上片叙事。男女二人隔溪而居，平日很少有机会见面。男子趁这些天水涨之时驾船来相会。"几度"表现出双方爱之深。采莲船太小，"难开红斗帐"，"难""无计""空"，反复写出二人神情之惆怅。下片抒情。以江边红莲的景象设喻叙情，希望女子化为娇艳的芙蓉，日日年年生长在江边，男子化为花下的溪水，与红莲长相厮伴，无人阻碍。词人用"红菡萏"和"花底浪"来比喻情侣二人之间亲密无间的关系，借物寓情，融情写景，新颖活泼。

○斗(dǒu)帐：形如覆斗的帐子。 ○菡(hàn)萏(dàn)：莲花。 ○隔障：障碍，隔阂。

明 仇英 扇面画选八开

宋词

鹧鸪天

彩袖殷勤捧玉钟,当年拚却醉颜红。舞低杨柳楼心月,歌尽桃花扇影风。

从别后,忆相逢,几回魂梦与君同?今宵剩把银𨥂照,犹恐相逢是梦中。

此为作者和一相熟的女子久别重逢后所作。上片利用彩色字面,如"彩袖""玉钟""醉颜红""杨柳楼""桃花扇"等,来写当年欢聚之景,似实而却虚。下片写久别重逢的惊喜之情,似梦却又真。在别离之后,想起欢聚时,常是梦中相见,而今真的相遇之后,却怀疑是在梦中,情思缠绵,情文相生。全词或实或虚,既有色彩的绚烂,又有声音的谐美,充分表现出词人的高妙。

○彩袖:指穿彩色衣服的歌女。○玉钟:指珍贵的酒杯。○拚(pàn)却:甘愿,情愿。○同:聚集起来。○剩把:只管,只顾。银𨥂(gāng):银质的灯台。

诉衷情

晏殊

青梅煮酒斗时新,天气欲残春。
东城南陌花下,逢着意中人。
回绣袂,展香茵,叙情亲。
此情拚作,千尺游丝,惹住朝云。

○斗:趁着。○茵:铺垫的东西。○朝云:意中的女子。典故出自宋玉《高唐赋》中有"旦为朝云,暮为行雨,朝朝暮暮,阳台之下"。

首句写残春的天气,古人在春末夏初之时,好用青梅煮酒,用之醒胃。"东城"二句抒发词人春游之时,偶遇意中人的欣喜之情。词人铺开茵席,同坐畅叙旧情,亲密无间,正是因为彼此"叙情亲",所以才生:"此情拚作,千尺游丝,惹住朝云"的想法,"游丝"表现出内心缭绕的情思,欲来还去。可惜,这游丝未必能把"朝云"留住。短暂的情思还是不免离散,此时词人心中的几多怅惘,尽在不言中。

鹊桥仙

秦观

纤云弄巧,飞星传恨,银汉迢迢暗度。金风玉露一相逢,便胜却人间无数。

柔情似水,佳期如梦,忍顾鹊桥归路。两情若是久长时,又岂在朝朝暮暮。

这首咏七夕节的词,开篇描述了七夕的抒情氛围,"巧"与"恨",点明了牛郎织女的故事情节,借悲欢离合的故事来歌颂坚贞不渝的爱情。"金风"二句,词人将珍贵的相会,对应于金风玉露、冰清玉洁之下,表现出爱情的纯洁与脱俗。柔情似水,相会如梦,可分别之时却又不忍望向鹊桥路。词的结句表述出了词人的爱情观,是流传千古的名言佳句。这首词通过叙写牵牛织女的神话故事,赋予他们浓烈的人情味,讴歌了纯洁坚贞的爱情,感人肺腑。

○纤云:轻盈的云彩。弄巧:指云彩在空中幻化成各种巧妙的花样。○飞星:流星。一说指牵牛、织女二星。○银汉:银河。迢迢:遥远的样子。暗度:悄悄渡过。○金风玉露:指秋风白露。○忍顾:怎忍回视。○朝朝暮暮:指朝夕相聚。

明 唐寅 扇面画选十开

宋词

浣溪沙

绣面芙蓉一笑开,
斜飞宝鸭衬香腮。
眼波才动被人猜。

一面风情深有韵,
半笺娇恨寄幽怀。
月移花影约重来。

词的开篇便有不同寻常的女性之感。"绣面芙蓉"与"斜飞宝鸭"相对应,都指装饰物品,以芙蓉喻少女,由静变动,倍添趣味。次句承接上句,展现出用心打扮的初恋少女形象。下片又展现出了少女的内心世界。前半句承接上文,后半句写青春少女的小情愫、小埋怨,少女以书寄怀"月移花影约重来",表现了女子对未来相约的期待。全词语言活泼,格调欢快自然,寄寓了作者对美好爱情生活的向往与追求。

○**绣面**:指妇女面颊上的装饰花纹。**芙蓉**:这里指好看。○**香腮**:芬芳动人的面颊。○**风情**:男女之间的爱慕之情。**韵**:指标致。

点绛唇

蹴罢秋千,起来慵整纤纤手。
露浓花瘦,薄汗轻衣透。
见客入来,袜刬金钗溜。
和羞走。倚门回首,却把青梅嗅。

此词写少女初次萌动的爱情,真实而生动。"慵整"写出少女荡完秋千后的娇憨。"露浓花瘦"表明时间是春天的早晨,地点是花园。整个上片以静写动,以花喻人,生动形象。"见客入来",她感到惊诧,来不及整理衣装,急忙回避。从少女"袜刬金钗溜"的反应中可以看出,来人是一位翩翩美少年。"和羞走"三字,精确地描绘了她的内心感情和外部动作。结尾以精湛的笔墨描绘了这位少女怕见又想见、想见又不敢见的微妙心理。最后只好借"嗅青梅"来掩饰一下自己,以便偷偷地看他几眼。下片中的几个动作层次分明,刻画出了少女从惊诧、惶遽、含羞、好奇到爱恋的心理活动。

○蹴:踏。此处指打秋千。○慵:懒,倦怠的样子。○袜刬(chǎn):这里指跑掉鞋子以袜着地。金钗溜:意谓快跑时首饰从头上掉下来。

宋词

江城子

乙卯正月二十日夜记梦

十年生死两茫茫。不思量,自难忘。千里孤坟,无处话凄凉。纵使相逢应不识,尘满面,鬓如霜。

夜来幽梦忽还乡,小轩窗,正梳妆。相顾无言,惟有泪千行。料得年年肠断处:明月夜,短松冈。

　　两人生死相隔已十年,思念却无法相见。不想思念,内心却难以忘怀。孤坟远在千里之外,无处诉说心中的愁苦与凄凉。即使相逢也认不出彼此的容貌,因为我早已尘土满面,两鬓斑白。这是绝望的感情,透露着丝丝悲痛与无奈。晚上又在梦境中回到了故乡,眼望妻子在小窗旁对镜梳妆。两人四目相对,千言万语无从说起,只流千行泪。遥想那月光照耀下,长满青松的坟山,就是思念妻子悲痛断肠的地方。这份痴情苦心可谓感动天地,读后使人为之动情而叹惋。

○**思量**:想念。○**千里**:王弗葬地四川眉山与苏轼任所山东密州,相隔遥远,故称"千里"。○**小轩窗**:指小室的窗前,轩:门窗。○**短松冈**:苏轼葬妻之地,**短松**:矮松。

卜算子 答施

相思似海深,旧事如天远。
泪滴千千万万行,更使人、愁肠断。
要见无因见,拚了终难拚。
若是前生未有缘,待重结、来生愿。

这是情侣临别之际互相赠答之词。首句为临别之前,句意却为分别之后,词人料想到别后相思如沧海般无际,往事如天上的云一般遥不可及。"泪滴千千万万行,更使人、愁肠断",前一句写势若江河,一倾而下,后两句断断续续如哽咽。分离之时,词人道尽别后的苦痛,诉尽临别的伤痛。下片写出了词人想见却无法重见的无奈,与其仍幻想无指望的爱,还不如彻底死心,此句表达出了词人内心的绝望。可是"若是前生未有缘,待重结、来生愿",绝望之中仿佛又看到一线希望。但这一希望,最终会不会变为绝望,令人难以判断。词中道出了人世间长久以来的爱情真谛:生死不渝。这是词作的最高境界。

钗头凤

红酥手,黄縢酒。满城春色宫墙柳。东风恶,欢情薄。一怀愁绪,几年离索。错,错,错。

春如旧,人空瘦。泪痕红浥鲛绡透。桃花落,闲池阁。山盟虽在,锦书难托。莫,莫,莫。

上片,写出词人追忆昔日爱情生活而叹息被迫离异的苦痛,开篇叙述了往昔游园的美好情景,"红酥手"为妻子把盏时的动人姿态,表现出夫妻之间的柔情蜜意。"东风恶"一句则由欢情突转为哀情,进一步将词人内心的怨恨抒写出来,"错,错,错",将激愤的感情一泻而出。下片进一步抒写哀痛,前三句写出园内重逢时妻子的表现。"东风"摧残,妻子容颜憔悴体态消瘦。二人相遇后痛苦的心境,如"闲池阁"一样冷落,虽说自己痴心不改,但一片赤诚却难以表达。明明言未尽情未终,却就这样不了了之,全词荡气回肠,别开生面,催人泪下。

○**黄縢**(téng):酒名。 ○**离索**:即离群索居。 ○**浥**:湿润,潮湿。 **鲛绡**(jiāo xiāo):泛指薄纱,词中指手帕。 ○**池阁**:指池上的楼阁。

明 唐寅 扇面画选十开

宋词

钗头凤

世情薄，人情恶，雨送黄昏花易落。晓风干，泪痕残。欲笺心事，独语斜阑。难，难，难！

人成各，今非昨，病魂常似秋千索。角声寒，夜阑珊。怕人寻问，咽泪装欢。瞒，瞒，瞒！

上片写杂乱的感情世界，"薄"和"恶"言"情"受到封建礼教的腐蚀，厌恶之情也借此得到了宣泄，后又言自己备受摧残的处境。被雨水打湿的花草已经干了，但自己泪水仍未干、痕仍在，这是多么痛心！想把别离相思写下寄出，却因封建礼教的残酷，只能道："难，难，难！"下片前三句概括力极强，从空间、时间等角度描写多重不幸，只留暗自伤心。长夜难眠，主人公却要强颜欢笑，内心苦痛可想而知。结句三个"瞒"字与开头相呼应。既然封建礼教不许纯洁的爱情存在，那就珍藏心底吧！可见她对陆游的一往情深和矢志不渝的忠诚。

○笺：写出，写下。○斜阑：指栏杆。○阑珊：将尽，衰残。

卜算子

施酒监

相逢情便深,恨不相逢早。
识尽千千万万人,终不似、伊家好。
别你登长道,转更添烦恼。
楼外朱楼独倚栏,满目围芳草。

施酒监和乐婉相识相知,早已如胶似漆,可因工作关系,不得不离开。他恨不能带乐婉一起走,无奈之余,填了此词,留作纪念。首句说男女一见钟情,恨没有早逢入爱河。"识尽千千万万人,终不似、伊家好",施酒监终日在青楼之上酒席之间,虽然认识了许多女子,却找不出比乐婉更好的女人了。此谓千金易得,知己难求。自古男子与青楼女子相恋,大多男子都薄情寡义,女子的结局往往都是被抛弃,她们不仅无法逃脱封建社会中女性的悲惨命运,有时还会付出生命代价。

○长道:大路。

宋词

最高楼

旧时心事,说著两眉羞。
长记得、凭肩游。
缃裙罗袜桃花岸,薄衫轻扇杏花楼。
几番行,几番醉,几番留。
也谁料、春风吹已断。
又谁料、朝云飞亦散。
天易老,恨难酬。
蜂儿不解知人苦,燕儿不解说人愁。
旧情怀,消不尽,几时休。

上片首句开门见山,直抒胸臆,"旧时",为下文回忆之笔调做铺垫。"凭肩游"和"缃裙罗袜桃花岸,薄衫轻扇杏花楼",都描写与恋人春游的场景,笔触轻盈细腻,表达出无限温柔的情态。"几番行,几番醉,几番留",则是写离别的悲情,用"行""醉""留"三个动词,深刻表达出二人分离时内心的痛苦和依依不舍。下片中,"春风""朝云"都比喻爱情。但好景不长,词人用"也谁料""又谁料"暗说悲痛之情。"天易老"至结尾,都抒发词人在爱情破灭之后无穷的"恨""苦""愁",行文间颇见层次。全词以回忆的笔调,写出了作者对爱情的执着。

○行:将要离去。 ○醉:酒醉不醒。

明 唐寅 扇面画选十开

忆秦娥

花深深,一钩罗袜行花阴。行花阴。闲将柳带,细结同心。

日边消息空沉沉。画眉楼上愁登临。愁登临。海棠开后,望到如今。

这是一个痴情的妻子寄给游学未归的丈夫的词作。春和景明,夫妻本该欢聚,携手共游,但美景虚设,不言惆怅。"闲将柳带,细结同心"二句表达出对丈夫的念念不忘与痴情。可很久未收到丈夫的来信,日日愁苦无心,只得独自登高远眺,写海棠花盛开到衰落,可见女子的思念之深,忧愁之重。整首词中,上片以行动来暗示独处的惆怅和对爱情的坚贞,下片直抒胸臆,表达出主人公痛苦的等待和热切的召唤。

○**一钩**:形容新月,这里喻美人足。○**同心**:指同心结。用锦带打成的结子,象征男女美好的爱情。

黄金缕

家在钱塘江上住。花落花开,不管年华度。
燕子衔将春色去,纱窗一阵黄梅雨。
斜插犀梳云半吐,檀板轻敲,唱彻黄金缕。
望断行云无觅处,梦回明月生南浦。

这首词写恋情。词人在梦中遇见一位家住钱塘的歌伎为他唱歌,他意有所恋,梦醒后写了这首词。上片词是梦中女子所唱,故以女人口吻来写。首句写女人自报住址,接着介绍她的生活和心情。花开花落,年复一年,几度春秋。细雨迷蒙,黄昏黯淡,这凄迷的景色,加深了歌女凄清愁苦的情绪。下片写女子美丽的形象和优美的歌声,表现了一个色艺俱佳的歌伎形象。这时突然转折,用"行云"再次点明她的歌伎身份。丽人芳踪已杳,无处追寻。唯有一轮明月从春浦升起,一切都成梦幻,令人不胜惆怅。

○**犀梳**:犀牛角做成的梳子。 ○**檀板**:即拍板。 ○**南浦**:泛指离别地点。

诉衷情

张先

花前月下暂相逢。苦恨阻从容。何况酒醒梦断,花谢月朦胧。

花不尽,月无穷。两心同。此时愿作,杨柳千丝,绊惹春风。

此词写的是横遭挫折的爱情。起首的花前月下相逢,原是良辰美景中的赏心乐事,但一个"暂"字,便暗透出一丝悲意。次句进一步点出恋人隔绝、欢会难再的现实。"苦恨"二字叠下,足见词人痛苦之深重。"何况酒醒梦断,花谢月朦胧"用比兴的手法,喻说爱情受阻的现实。"何况"二字,更是强调好事难成,词情因之倍加悲怆沉痛。下片从悲怆沉痛中陡然振起,将词情升华到一个美好的境界。"两心同"更是坚信情人与自己一样对爱情忠贞不渝。由此可见恋人之间的离别有难以明言的隐痛,爱情横遭外来势力之摧残。结尾表达了词人甘为挽回爱情而献身的意愿。

○苦恨:甚恨,深恨。 ○绊惹:牵缠。

卷珠帘

魏夫人

记得来时春未暮,执手攀花,袖染花梢露。
暗卜春心共花语,争寻双朵争先去。
多情因甚相辜负,轻拆轻离,欲向谁分诉。
泪湿海棠花枝处,东君空把奴分付。

这首词写恋情。上片描绘了一个富于情趣的生活场景。海棠花开时,少女和恋人"执手攀花",歌笑逗闹。"暗卜"两句表现了少女初恋时微妙的心理变化。"争寻双朵争先去",写少女与情人争先去寻并蒂双花以证他们的爱情美满久长。下片情绪顿转,少女倾诉爱情生活的不幸和委屈。两个"轻"字,既是对情人的诘责,又是对命运的控诉。她曾"共花语",此时却无人"分诉",只可向海棠倾洒悲泪。此词结构上采用了今昔对比的形式,勾画了少女在爱情生活中由对幸福的追求、向往、期盼转向对于不幸命运的怨恨、悲伤、懊悔这一心路历程,有力地渲染出了旧时代佳人薄命的主题。

〇**东君**:司春之神的代称。

清平乐

朱淑真

恼烟撩露,留我须臾住。携手藕花湖上路,一霎黄梅细雨。

娇痴不怕人猜,和衣睡倒人怀。最是分携时候,归来懒傍妆台。

这是作者描写一次爱情生活体验的小词。开头道出游湖的时间是夏日的清晨,"恼""撩"两字为"留我须臾住"找到了理由,呆了一会儿,才携手走上开满荷花的湖堤。一霎时工夫便下起了黄梅细雨。这种情景在江南的黄梅成熟季节很常见。这时游湖,烟雨茫茫,格外增添一份朦胧的情趣。词的下片写躲避细雨和词人当时的心态。在黄梅雨降下之时,他们或许躲避在树荫下,女子的娇憨之态也不怕别人猜度,便干脆不解衣服睡倒在他的怀抱里。打破了"授受不亲"这一戒律。结尾两笔就写活了女子的神态,真是千情百态,描绘尽致。

○**恼烟撩露**:恼人的烟雾,撩拨人的水露。○**须臾**:片刻。○**藕花**:荷花。○**一霎**:一会儿。○**猜**:指责,议论。○**分携**:分手。

明 唐寅 扇面画选十开

人生如逆旅,我亦是行人。

虞美人

有美堂赠述古

湖山信是东南美,一望弥千里。使君能得几回来?便使樽前醉倒更徘徊。

沙河塘里灯初上,水调谁家唱?夜阑风静欲归时,惟有一江明月碧琉璃。

开篇前两句反映出词人的心情:君去,何时能重来?流露出志同道合之人惜别时的深情。苏轼自言"政虽无术,心则在民",与友人共事的过程中协调一致,做了许多益事。此时天隔南北,心情岂能平静?下片描绘华灯初上的繁华之景,离愁是抽象的,看不见摸不着的,词人借灯火和悲歌,言内心之忧愁,既写环境,又描心境。结句,"碧琉璃"比喻江水的碧绿。留给人们充分的想象,想象词人以此来象征述古为人高洁耿介,象征他们友情的冰清玉洁等等,言有尽而意无穷。

○樽:酒杯。○碧琉璃:指江水碧绿清澈。

满江红

寄鄂州朱使君寿昌

江汉西来,高楼下、蒲萄深碧。
犹自带、岷峨雪浪,锦江春色。
君是南山遗爱守,我为剑外思归客。
对此间、风物岂无情,殷勤说。

《江表传》,君休读;狂处士,真堪惜。
空洲对鹦鹉,苇花萧瑟。
独笑书生争底事,曹公黄祖俱飘忽。
愿使君、还赋谪仙诗,追黄鹤。

词的开篇,描绘了江水咆哮的壮观,又将水色比成酒色,别有情致。用"葡萄""雪浪""锦江""春色"等词语形容"深碧"的江流,生动而富有色彩,引人入胜。你是陕州的通判,我却是未归的浪子,两者对比,既赞美了友人的政绩,又表达了自己思乡却不得归的孤寂之心。"《江表传》"二句,引出了词人对历史的反思。"狂处士"四句承接上文,对恃才傲物而被杀的人表示痛惜。结句词人用李白的故事,激励友人潜心作诗,赶上崔颢的《黄鹤楼》。

○**剑外**:四川剑门山以南。苏轼家乡为四川眉山,自称剑外来客。○**《江表传》**:记述三国时期江左吴国时事及人物言行之作。○**狂处士**:指三国名士、祢衡。

鹊桥仙

七夕送陈令举

缑山仙子,高情云渺,不学痴牛骍女。凤箫声断月明中,举手谢、时人欲去。

客槎曾犯,银河波浪,尚带天风海雨。相逢一醉是前缘,风雨散、飘然何处?

这是一首送别词,写与友人陈令举在七夕夜分别之事。上片运用王子乔飘然仙去的故事,称赞陈令举之风度。七夕夜与友人分别,词人自然想到牛郎织女,但陈令举并不痴心于儿女之情。下片写自己与友人的聚合和分离,信佛前缘已定,事有必然。写送别,一般人都会徒增伤感,而词人却是豪气纵横,驰骋想象,遨游天界银河。笔下那天风海雨之势,正显露了他不凡的气魄与胸襟,这种逼人的天风海雨,形象地说明了他的豪放特点。

○缑(gōu)山:在今河南省偃师县。○云渺:高远之貌。○痴牛骍(ái)女:指牛郎织女。词中指痴于世俗的芸芸众生。○凤箫声:王子乔吹笙喜欢模仿凤的声音,故称。○槎(chá):指竹筏。

明
唐寅 扇面画选十开

八声甘州

寄参寥子

有情风万里卷潮来,无情送潮归。问钱塘江上,西兴浦口,几度斜晖?不用思量今古,俯仰昔人非。谁似东坡老,白首忘机。

记取西湖西畔,正春山好处,空翠烟霏。算诗人相得,如我与君稀。约它年、东还海道,愿谢公雅志莫相违。西州路,不应回首,为我沾衣。

这首词以钱塘潮水喻人世聚散,表现出词人之豪情。开篇写江潮"有情"来"无情"归,似有情而实无情之后"几度斜晖"的发问,又写出阳光的无情。真是天地无情,万物无情啊。"俯仰昔人非"写世间万变无息,是社会人生的无情。笔锋一转,一句"不用思量今古",表现出词人的乐观态度:不必替古伤,也不必为实忧。下片写词人与参寥的友情。回想起与友人在西湖和诗饮酒、饱览春色之景,不禁将友人纳入自己知己的范畴,"约他年、东还海道"以下五句,进一步叙写友情,也表现了词人坚定的归隐之志。词人的乐观与"忘怀",使人感到他对友情的无比珍重。

○**西兴**:即西陵,在钱塘江南。○**忘机**:忘却机诈之心。○**相得**:相知。○**西州**:古建业城门名。

南乡子

东武望余杭,云海天涯两渺茫。
何日功成名遂了,还乡,醉笑陪公三万场。
不用诉离觞,痛饮从来别有肠。
今夜送归灯火冷,河塘,堕泪羊公却姓杨。

首句表达与友人离别之后的思念之情,次两句写出了人世的悲凉。背井离乡,一切只为求得一个功成名遂再还乡,才能好好坐下,饮酒畅谈,细诉多年的不如意,重拾记忆。离殇不用诉说,也无法诉说。"今夜送归灯火冷,河塘"两句描绘出一幅送归图景,灯火幽暗,月下独行。河塘边蛙声做伴,更显凄凉,辛酸之泪难以掩饰。结句则是以杨绘比羊祜,表现出词人对友人的称赞,表达出两人情谊之浓。

○**东武**:指今山东诸城。○**余杭**:指杭州。○**醉笑陪公三万场**:化用李白《襄阳歌》中"百年三万六千日,一日须倾三百杯"之句意。○**河塘**:指沙河塘,当时为繁荣之地。

南乡子·送述古

回首乱山横,不见居人只见城。谁似临平山上塔,亭亭,迎客西来送客行。

归路晚风清,一枕初寒梦不成。今夜残灯斜照处,荧荧,秋雨晴时泪不晴。

这是一首送别之作。运用情景交融的表现手法,清新中有深意,自然中寓浓情,也颇耐人寻味。"回首"表现了无限美好的回忆与惜别之情。接着将山塔拟人化,反映了词人不像塔那样无动于衷地迎客来又送客去,而是为友人的离去感到悲伤。"梦不成""泪不晴"都是写词人对友人的思念,更进一层地渲染了词的环境和氛围,愈加表现出词人的孤寂和对友人的深情思念。

○亭亭:直立的样子。 ○归路:回家的路上。

蝶恋花

暮春别李公择

簌簌无风花自堕。寂寞园林,柳老樱桃过。落日有情还照坐,山青一点横云破。

路尽河回人转舵。系缆渔村,月暗孤灯火。凭仗飞魂招楚些,我思君处君思我。

这首词是写给东坡老友李公择的送别词,通过对暮春的描写,微露惜别之情,兼及对再受重用的渴望,写二人同病相怜,友情深厚。暮春落花是古诗词常写之景,但东坡却又翻出新意:花落声簌簌却不是被风所吹,而是悠然自己坠落在地,好一份安闲自在的情态。词中,苏东坡一改往日豪迈骄狂之风,立词于庭院花草枯荣,友人送别的凄哀之境,却不流于俗艳。"凭仗飞魂招楚些,我思君处君思我",依然充满着乐观向上的精神。

○簌簌:花落的声音。 堕:悠然落下的样子。 ○系缆:代指停泊某地。

临江仙 送钱穆父

一别都门三改火,天涯踏尽红尘。依然一笑作春温。无波真古井,有节是秋筠。

惆怅孤帆连夜发,送行淡月微云。尊前不用翠眉颦。人生如逆旅,我亦是行人。

这是一首送别词。上片写与友人久别重逢。三年未见,分别虽久,可情谊弥坚,相见欢笑,犹如春日之和煦。既是对友人辅君治国、坚持操守的安慰和支持,也是词人半生经历、松柏节操的自我写照。明写主,暗寓客,两人肝胆相照,志同道合。词的下片切入正题,写月夜送别友人。"惆怅"两句,描绘出一种凄清幽冷的氛围,渲染出作者与友人分别时抑郁无欢的心情。"尊前"一句,由哀愁转为旷达、豪迈,其用意一是不要增加行者与送者临歧的悲感,二是世间离别本也是常事,则亦不用哀愁。结尾以对友人的慰勉和开释胸怀总收全词,既动之以情,又揭示出得失两忘、万物齐一的人生态度。

〇**改火**:古代钻木取火,四季换用不同木材,称为"改火",这里指年度的更替。
〇**春温**:是指春天的温暖。 〇**筠**:竹。 〇**逆旅**:旅店。

明 唐寅 扇面画选十开

浪淘沙

欧阳修

把酒祝东风,且共从容。
垂杨紫陌洛城东。
总是当时携手处,游遍芳丛。

聚散苦匆匆,此恨无穷。
今年花胜去年红。
可惜明年花更好,知与谁同?

此词作于词人与友人在春日洛阳东郊旧地重游之时。上片词人由景生情,由眼前美景而回忆起去年与友同玩之乐。下片再由现境而想未来之境,其中包含着遗憾之感,表现出词人对友谊的珍惜之情。"今年花胜去年红,可惜明年花更好",词人通过对三年的花季的比较,融情于景,借喻人生的短暂和相聚时欢愉的心情。结句"可惜明年花更好,知与谁同","今年花胜去年红",又言"明年花更好",映衬出明年好友相聚之难,良辰美景之时总生怅惘失落的情怀。而别情之重,亦说明同友人的情谊之深。

○**把酒**:举起酒杯。○**从容**:不舍,留恋。○**洛城**:即洛阳。

临江仙

记得金銮同唱第,春风上国繁华。
如今薄宦老天涯。
十年岐路,空负曲江花。
闻说阆山通阆苑,楼高不见君家。
孤城寒日等闲斜。
离愁难尽,红树远连霞。

上片抚今追昔。记得昔日一同科举及第,在金銮殿上并受嘉奖。时值春天,大家簇拥庆祝,一片繁华。而如今时过境迁、世事多变,词人被贬滁州,宦海沉浮,真是辜负了当年皇帝的盛宴。过去的得志与现在的失意形成鲜明的对比。下片抒写对朋友的情意。闻说你要去阆山,关山重重,离别在即,再难相见,就不禁让人产生万千感慨。只能将无尽的离愁与思念付与那些经霜的红树以及与它们相连的远处的红霞。全词风格飘逸,时空转变信手拈来,蕴含了词人丰富的情感以及对友情的珍视。

○第:进士登第。 ○阆(làng):高;空旷。

满江红

送李正之提刑入蜀

蜀道登天,一杯送、绣衣行客。还自叹、中年多病,不堪离别。东北看惊诸葛表,西南更草相如檄。把功名、收拾付君侯,如椽笔。

儿女泪,君休滴。荆楚路,吾能说。要新诗准备,庐江山色。赤壁矶头千古浪,铜鞮陌上三更月。正梅花、万里雪深时,须相忆。

此词作于词人罢居上饶、好友李正之改任利州路提点刑狱使之时。开篇化用李白《蜀道难》,暗示此行艰难。"还自叹"三句写明词人已值中年,不堪离别之苦,也反映了词人对友情的珍视。接着以蜀中历史人物相勉,表达了对友人的良好祝愿,希友人在文治武功上作出贡献。此句气势磅礴,文武兼领,且用事恰切,寓意深刻。下片"要新诗"四句,请友人用诗写下一路美好景色:庐山瀑、赤壁浪、铜鞮月等,以阔其心胸,壮其行色。结尾回应篇首,暗用陆凯寄梅事之"折梅逢驿使,寄与陇头人。江南无所有,聊赠一枝春",将人品、友谊、别情等一并提及,豪迈隽永,韵味无穷。

○檄(xí):即告示。○君侯:泛指达官贵人,词中指友人李正之。○如椽(chuán)笔:指大手笔。○要:请。○铜鞮(dī):今湖北襄阳。

明 唐寅 扇面画选十开

鹧鸪天

送欧阳国瑞入吴中

莫避春阴上马迟,春来未有不阴时。人情展转闲中看,客路崎岖倦后知。

梅似雪,柳如丝。试听别语慰相思。短篷炊饮鲈鱼熟,除却松江枉费诗。

上片首句写词人规劝欧阳国瑞不要因"春阴"逗留,语句生动有趣。之后又将自己"人情"与"客路"的经历娓娓道来,感慨叹息充溢其中,十分深刻。可谓生活至理。下片写离别后的相思,以景生情,通过"梅""柳"这两种意象,表达词人对欧阳的深厚友情。结尾关照欧阳,到了松江那诗情画意的地方,在船上吃着美味的鲈鱼饭时,别忘记作首诗寄回来。最后两句巧妙用典,写出了词人在吴中的生活经验,贴切如画,颇见趣味。

○客路:旅途。○短篷:小船。○除却:离开。

鹧鸪天 送人

辛弃疾

唱彻《阳关》泪未干,功名余事且加餐。浮天水送无穷树,带雨云埋一半山。

今古恨,几千般,只应离合是悲欢?江头未是风波恶,别有人间行路难。

这首词是作者中年时的作品。那时的作者在仕途上已经历了不少挫折,所以虽为送人而作,但是其表达更多的是世路艰难之感。词开篇即述离情,使人产生无限的伤感。上片写送别,下片本应以"别恨"为主调来抒情,但是作者笔锋拗转,说今古恨事有那么多,岂只离别一事才值得悲伤?反问语气比正面的判断语气更有激情。这首词篇幅虽短,但是饱含广阔深厚的思想感情,笔调深浑含蓄,举重若轻。

宋词

木兰花慢

滁州送范倅

老来情味减,对别酒,怯流年。况屈指中秋,十分好月,不照人圆。无情水都不管,共西风、只管送归船。秋晚莼鲈江上,夜深儿女灯前。

征衫,便好去朝天,玉殿正思贤。想夜半承明,留教视草,却遣筹边。长安故人问我,道愁肠殢酒只依然。目断秋霄落雁,醉来时响空弦。

上片头三句直抒胸臆,"老来"两字神貌可鉴。下边"都不管"和"只管"道尽"水"与"西风"的无情,一语双关。既设想了友人别后归途的情景,又暗喻范氏离任乃朝中局势所致。"秋晚"两句笔锋陡转,变刚为柔,展现出一种浑厚超脱的意境。下片讲送别,头二句言友人入朝前勤劳忠奋,第三句朝廷求贤若渴。夜里在承明庐修改诏书,又奉命去筹划边事,极言恩遇之深。"长安故人问我,道愁肠殢酒只依然",变奋激昂扬为纡徐低沉。结尾突然振拔,词人醉中张弓满月,空弦虚射,却惊落了秋雁,奇思妙想之至,显现出一个壮怀激烈、无用武之地的英雄形象。

○朝天:指朝见天子。○夜半承明:汉有承明庐,为朝官值宿之处。○视草:为皇帝起草制诏。○筹边:筹划边防军务。○殢酒:困酒。

蝶恋花 别范南伯

离恨做成春夜雨。添得春江,划地东流去。弱柳系船都不住。为君愁绝听鸣艣。

君到南徐芳草渡。想得寻春,依旧当年路。后夜独怜回首处。乱山遮隔无重数。

这是一首送别词。开篇"离恨做成春夜雨",写与好朋友春夜话别,无尽的离愁别恨化为无尽的春雨。"添得"二句进一步写春雨,借春江水涨,来写离愁滔滔不绝。"弱柳"两句表示尽管盛情挽留,但朋友还是不得不登船离去。心中既为朋友的离去而怅惘,又有对朋友一路风波之劳和前程坎坷难卜的担忧。一个"绝"字,饱含了无限深情。下片中"君到"三句,字里行间里隐藏了一种路依旧而人不同的物是人非的感觉。结尾"后夜"两句是想象别后友人思己,回望之时,已是有无数乱山遮隔。又因是由词人想象而出,故"乱山遮隔"之感,亦彼此同之。

○划(chàn):一味地;一概、全部。○鸣艣:艣同"橹",鸣艣,指划船的橹摇动时所发出的声音。○南徐:州名,即今江苏镇江市。

喜迁莺

花不尽,柳无穷,应与我情同。觥船一棹百分空,何处不相逢。

朱弦悄,知音少,天若有情应老。劝君看取利名场,今古梦茫茫。

这是一首赠别词。开篇用"花""柳"比较,衬托出离情的无穷无尽,表达了自己的离别之苦。"觥船一棹百分空"一句,词人以一醉消千愁作为劝解之言,"何处不相逢"则是言未来会重聚的安慰。对友人的温言抚慰也反映了作者尽量挣脱离别痛苦的无可奈何之情,但表面上却显得十分豁达。下片开篇从正面写离情,高山流水贵知音。"天若有情应老",引用李贺句意直抒离别之痛。结句"劝君看取利名场,今古梦茫茫",是词人以利名如梦来相劝友人,人间盛衰浮沉,恍然如梦。词旨在赠别,词人抒写离情的深挚,却不凄楚哀伤,由情入理,词情曲折,充满感慨。

○觥(gōng)船:指大酒杯。一棹(zhào):用大酒杯饮酒一次。

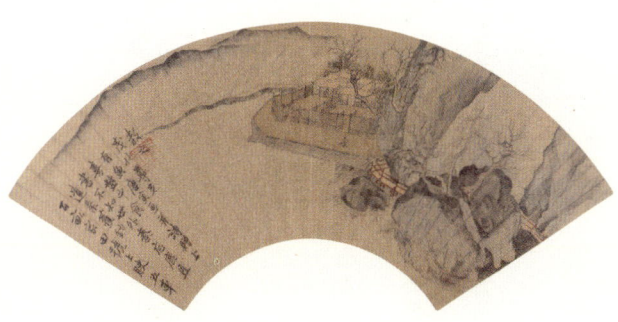

明 唐寅 扇面画选十开

踏莎行

祖席离歌,长亭别宴。香尘已隔犹回面。居人匹马映林嘶,行人去棹依波转。

画阁魂消,高楼目断。斜阳只送平波远。无穷无尽是离愁,天涯地角寻思遍。

此词写饯别相送及别后的怀思,均情景逼真,含蕴无尽。上片写饯行的情景,开始写送别场面,然后分别从居者、行者两方面写离情,一方面表现居者依依难舍,另一方面叙写行人不忍离去。下片单从居者方面写对行者的思念,因行者从水路乘船走,所以仍紧扣水波写。"只送"二字怨极恨极又无可奈何,语言平易而意味深长。全词融情于景,情境如画,勾勒出一幅春江送别图,意境深远,相思之情无处不在。

○**祖席**:古代出行时祭祀路神叫"祖"。后来称设宴饯别的所在为"祖席"。○**香尘**:地上落花很多,尘土都带有香气,因称香尘。○**寻思**:不断思索。

好事近

吕渭老

飞雪过江来,船在赤栏桥侧。
惹报布帆无恙,著两行亲札。

从今日日在南楼,鬓自此时白。
一咏一觞谁共,负平生书册。

此为作者平安抵达江南后,向友人报平安之词。开篇二句点明了渡江时的季节、气候、地点,表露出靖康之乱后局面的动荡。三、四句为倒装之意,写到达后写信向友报告平安,以免友人挂念。上片虽语句平实,感情却真诚入骨。下片首句中"从今"二字与上片首句相对应,有诀别之意。渡江归来,人生颠沛流离又沦于敌手,何时才能归去?词人用"日日"来强调悲情之浓。结句是对"发白"的解释,如今与友人天各一方,且战乱重重,何日才能重聚赋诗饮酒呢?又言辜负了一辈子读书,如今无法为国建功立业。词作下阕气氛沉重,悲伤与懊恼之情相交织。

○江:即长江。○惹:犹言在此。○著:加上、添上。○札:书信。○书册:书籍。

卜算子

送鲍浩然之浙东

水是眼波横,山是眉峰聚。欲问行人去那边,眉眼盈盈处。

才始送春归,又送君归去。若到江南赶上春,千万和春住。

这首词虽是送别词,但全无消极之念。一是构思巧妙,把送春与送别交织在一起来写,完美地展现出对友人的深情和对春天的留恋;二是比喻新颖,以眼波、眉峰来比喻浙东美丽的山山水水,似乎那位美人在满心欢喜地等待着他的到来,贴切、自然又情感丰富。"春"不仅仅指季节,也指与家人团圆,即家庭生活中的"春",一词双关,聪明且俏皮。全词比喻巧妙,耐人寻味,俏皮话新而不俗,雅而不谑。

○**眼波**:比喻目光似流动的水波。○**行人**:指词人的朋友(鲍浩然)。

明 唐寅 扇面画选十开

踏莎行

寒草烟光阔,渭水波声咽。春潮雨霁轻尘歇。征鞍发,指青青杨柳,又是轻攀折。

动黯然,知有后会甚时节?更进一杯酒,歌一阕。叹人生,最难欢聚易离别。且莫辞沉醉,听取阳关彻。念故人,千里至此共明月。

这是一首送别词,首句描写边关壮阔的山河,可是词人以愁心观景,景物也仿佛凝愁一般。柳与"留"音近,折柳赠别是古代常见习俗,折柳送人时黯然伤神,不知再次相逢是何年何月了。下片写饯别敬酒,由眼前的离别,联想到人生苦短,别时容易见时难,所以更要把握眼前相聚的时光,不要推辞说喝醉了。今天聚过之后,以后只能对着明月思念远方的朋友了。

玉蝴蝶

望处雨收云断,凭阑悄悄,目送秋光。晚景萧疏,堪动宋玉悲凉。水风轻、蘋花渐老,月露冷、梧叶飘黄。遣情伤。故人何在?烟水茫茫。

难忘。文期酒会,几孤风月,屡变星霜。海阔山遥,未知何处是潇湘!念双燕、难凭远信,指暮天、空识归航。黯相望。断鸿声里,立尽斜阳。

这首词通过描绘萧疏、清幽的景色来表达对友人的思念之情。"望处雨收云断",写即目所见之景,可以看出远处天边风云变幻的痕迹,使清秋之景,显得更加疏朗。"凭阑悄悄"写出了独自倚阑远望时的忧思。这种情怀,又落脚到"目送秋光"上。面对向晚黄昏的萧疏秋景,很自然地引起了悲秋的感慨。下片回忆昔日文期酒会与相聚之乐,感叹今日相隔遥远,消息难通。最后"黯相望,断鸿声里,立尽斜阳",回应开头。全词以抒情为主,把写景和叙事、忆旧和怀人、羁旅和离别、时间和空间,融为一体,具有很强的艺术感染力。

○**蘋花**:一种夏秋间开小白花的浮萍。○**文期酒会**:文人们相约饮酒赋诗的聚会。

相思令

张先

蘋满溪。柳绕堤。相送行人溪水西。回时陇月低。

烟霏霏。风凄凄。重倚朱门听马嘶。寒鸥相对飞。

这是一首送别词。上片描写送别途中的所见景象。青蘋满溪,垂柳低绕,相送一程又一程,融情于景,寓事于景,语言简练,却表现出无限的恋恋不舍之情。"相送"一句点明送行之事,也点明全词为送者口吻。"陇月低"三字,象征着送者低沉的心情。下片描写别后心境。"烟霏霏。风凄凄。"这些景语也象征着凄迷怅惘的心情,马声嘶嘶,也紧揪着送者的心。"寒鸥相对飞"别有理趣,将凄迷的词情推到极致,人与鸥相对,只是一片静默,而这静默之中,包含着无限的悲哀。

○蘋:水萍,生长在池泽水上。○朱门:指古代王侯贵族的府第大门漆成红色,以示尊贵,后泛指富贵人家。

薄幸 送安伯弟

送君南浦。对烟柳、青青万缕。
更满眼、残红吹尽,叶底黄鹂自语。
甚动人、多少离情,楼头水阔山无数。
记竹里题诗,花边载酒,魂断江干春暮。

都莫问功名事,白发渐、星星如许。
任鸡鸣起舞,乡关何在,凭高目尽孤鸿去。
漫留君住。趁酴醾香暖,持怀且醉瑶台露。
相思记取,愁绝西窗夜雨。

这首送别词中有柳条,有绿树,有黄鹂,出现在"送君南浦"之后。"折柳赠别"是我国的古老传统,使人产生分别的联想。"更满眼、残红吹尽"更增添感伤的气氛。"甚动人"点出"离情"之"动人",此去之远,难再见面,不言自明。"记"字表明它是曾经的欢乐,用来反衬今日别离的苦痛。下片通过联系各自身世和时局而大发感慨,慨叹空有壮志而功名未立白发渐生。用"鸡鸣起舞"的典故来策励自己,也道出了爱国怀乡,建功立业之豪情。"漫留君住",还是舍不得分别。"愁绝"二字,表明很难再有西窗下共话别后情况的机会了,给人留下了无限的惆怅。

○残红:落花。○酴醾(tú mí):酒名。○瑶台露:对酒的美称。

宋词

满江红·送李御带珙

红玉阶前,问何事、翩然引去?
湖海上、一汀鸥鹭,半帆烟雨。
报国无门空自怨,济时有策从谁吐?
过垂虹亭、下系扁舟,鲈堪煮。

拚一醉,留君住。
歌一曲,送君路。
遍江南江北,欲归何处?
世事悠悠浑未了,年光冉冉今如许!
试举头、一笑问青天,天无语。

此词是一首悲郁慷慨的送别之作。开头"问何事",语气较重,下文却写李珙辞官后的逍遥生活:漫游湖海,与鸥鹭为友,似乎友人对这种境遇还很满足。"报国"两句表明原来辞官是无奈之举。"从谁吐"中包含了无奈、落寞、怨恨等一系列情感。下句"堪"字传达了词人殷勤款留之意外,还表达了心里的不得已!下片"留君住""拚一醉"表现了词人执着、灼热的感情。"世事"两句表明国家还有大事,朝廷本该多任用贤才,但李珙却被迫辞官漂泊江湖,真让人又痛惜又悲愤。"一笑"是被悖谬所激怒的笑,表达了作者对友人的深切理解,同时也对朝廷的昏聩表示了强烈愤慨。

○**红玉阶**:红色的台阶,此处代指宫殿。 ○**汀**(tīng):水边平地。 ○**济时**:拯救时局。
○**垂虹亭**:地名,在今江苏吴江市虹桥上。

明 唐寅 扇面画选十开

宋词

相思本是无凭语,莫向花笺费泪行。

少年游

润州作，代人寄远

去年相送，余杭门外，飞雪似杨花。
今年春尽，杨花似雪，犹不见还家。

对酒卷帘邀明月，风露透窗纱。
恰似姮娥怜双燕，分明照、画梁斜。

此词是作者有感于行役之苦而怀恋杭州及其家小而作。开篇通过描写"去年相送""余杭门外""飞雪"等详细说明了分别的时间和地点，表现出无时不在的思念。大雪纷飞之日，丈夫因公出差，这种凄楚气氛加深了彼此的思念。上片后三句，同样点明时间和气候，可是去年离别的丈夫，今年"犹不见还家"，怎能不叫人牵肠挂肚呢？寂寞之中，本想效仿李白对酒邀月，可是风却透过纱窗，乘虚而入襟怀。更恼人的是邀请来的月亮偏只怜爱双栖燕子，而置自己于不顾，从而又引起思妇对远方丈夫的思念，也反映出作者的恋家思归之情。

○**余杭门**：指宋代时杭州城北，三座城门之一。

醉花阴

薄雾浓云愁永昼,瑞脑消金兽。
佳节又重阳,玉枕纱橱,半夜凉初透。
东篱把酒黄昏后,有暗香盈袖。
莫道不销魂,帘卷西风,人比黄花瘦。

此词表面写词人深秋时节的孤独寂寞,实则写词人在重阳佳节思念丈夫的心情。从早到晚天空都布满"薄雾浓云",使人感到苦闷难挨。她独守空房,香炉里瑞脑香气缕缕飘出,真是百无聊赖。重阳佳节时天气骤变,半夜被阵阵凉意袭醒。上片寥寥几句,却把闺中女子内心的愁态表现出来,别有一番凄凉之感。饮酒赏菊,与其是写赏菊,不如说是写愁情。晚来风急,西风掀起帘子让人感到阵阵寒意,词人以"人比黄花瘦"作结,将愁苦凄凉的心情表达得淋漓尽致。

○**永昼**:悠长的白天。 ○**瑞脑**:薰香名称。 ○**金兽**:指兽形的香炉。 ○**东篱**:指采菊之地。 ○**暗香**:词中指菊花的香味。 ○**黄花**:即菊花。

鹧鸪天

寒日萧萧上琐窗,梧桐应恨夜来霜。
酒阑更喜团茶苦,梦断偏宜瑞脑香。
秋已尽,日犹长,仲宣怀远更凄凉。
不如随分尊前醉,莫负东篱菊蕊黄。

词的开头两句写寒日梧桐的凄凉之景,梧桐之愁,实为人之愁,词人借景抒情,表达出内心的孤寂。饮酒沉睡,梦醒后唯觉瑞脑香沁人心脾。三、四句中"喜""宜"二字,看似写欢情,实则叙悲情,词人借香味衬环境之清寂,情感变得更深更浓。"秋已尽,日犹长"既写主观错觉又写内心实感,加重了乡愁的描写。深秋之时,丛菊绚烂夺目,词人不禁想起陶潜"采菊东篱下,悠然见南山"诗句,归家已是奢望,不如随意痛饮,莫负这盛开的菊花。

○**萧萧**:凄清萧瑟的样子。○**酒阑**:酒酣之意。**阑**:尽,晚。○**仲宣**:王粲,字仲宣,汉末文学家,"建安七子"之一。

明 文徵明 扇面画选十六开

宋词

画堂春

东风吹柳日初长,雨余芳草斜阳。
杏花零落燕泥香,睡损红妆。
宝篆烟销龙凤,画屏云锁潇湘。
夜寒微透薄罗裳,无限思量。

这是一首春闺思远词。开篇二句铺叙睡前春景:春雨淅沥,东风吹柳,斜阳映草,营造了春睡的氛围。杏花本为当季之物,却雨后凋零,又复堕沾泥,燕啄之筑巢亦有香。"睡损红妆"一句契合此景,展现出一幅春睡美人图。白昼与黑夜对照,说明女主人公正常的生活规律被打乱,心中必有所思。美人长久失眠,直到篆香燃尽,以潇湘喻思念之人,"云锁"点出苦冥不眠的缘由。结句描写寒冷袭夜,美人辗转反侧难以入梦。以情结语,含蓄又深情。

○**睡损红妆**:词中指杏花零落。○**宝篆烟销龙凤**:古代盘香有龙凤形,点燃后龙凤逐渐消失。

减字木兰花

天涯旧恨,独自凄凉人不问。
欲见回肠,断尽金炉小篆香。
黛蛾长敛,任是春风吹不展。
困倚危楼,过尽飞鸿字字愁。

此词写一位独处高楼的女子深长的离愁。上片"天涯"二句写了游子之远与离愁之长。无人诉说无人问,女子独倚高楼,更加重了她对远方之人的思念之情。百无聊赖之时,只能用燃香来消磨时光。"断尽"指香一根根燃断,此时突显女子的柔肠寸断与思人的愁苦。下片,女子离恨难消,愁苦之情存于心头现于眉梢。"春风"怎么吹拂,也吹不散女子的一双愁眉。在拂面春风中双眉紧锁、脉脉含愁的女主人公形象跃然纸上。"过尽飞鸿"都不见锦书,回应篇首,一意贯之,字里行间流露出一种深沉的怨愤激楚之情。

○回肠:形容内心的痛苦。 ○篆(zhuàn)香:指缭绕的烟气。 ○黛蛾:女子的眉毛。

宋词

踏莎行

雾失楼台,月迷津渡,桃源望断无寻处。可堪孤馆闭春寒,杜鹃声里斜阳暮。

驿寄梅花,鱼传尺素,砌成此恨无重数。郴江幸自绕郴山,为谁流下潇湘去?

词的上片前三句,勾勒出一幅凄楚迷茫的画面:漫天云雾笼罩着楼台,渡口显得恍惚难辨,同时表达出了词人凄迷的心绪。站在旅舍观望许久,一心找寻当年陶渊明笔下的世外桃源,但现实却不堪。"可堪孤馆闭春寒,杜鹃声里斜阳暮。"词人在远乡的客舍里滋生百般思乡之情。下片首句连用典故,表达出词人对往昔生活的回忆和如今困苦处境的哀婉。第三句句意突转,所有安慰全都无济于事,"砌"将无形的伤痛形象化,离愁别恨情绪陡增。全词综合运用写实和象征的手法,让这首词充满凄迷幽怨、含蕴深厚的艺术特色。

○桃源:指安乐理想的生活居所。典出陶渊明《桃花源记》。○可堪:怎堪,受不住。○驿寄梅花:指收到远方的问候。○鱼传尺素:指收到朋友问候。○潇湘:指潇水和湘水,合流后称湘江。

八六子

倚危亭，恨如芳草，萋萋刬尽还生。
念柳外青骢别后，水边红袂分时，怆然暗惊。

无端天与娉婷，夜月一帘幽梦，春风十里柔情。
怎奈向、欢娱渐随流水，
素弦声断，翠绡香减，
那堪片片飞花弄晚，蒙蒙残雨笼晴。
正销凝，黄鹂又啼数声。

这是一首怀人之作。词的上片，词人倚亭远眺，回忆昔日与佳人分手，"恨"字为词眼，将离恨比成"芳草"。回忆起在"柳外""水边"分手之时"怆然暗惊"，如今却只留无限凄凉。词的下片，设定情境写"恨"。"怎奈""那堪""黄鹂又啼数声"把词人分手之后的思念离愁与仕途不顺、怀才不遇融为一处，寄情于景、情景交融，更加具体形象地表达出词人的内心世界。"无端"三句，又进一步回忆往昔的欢情，佳人的娉婷之姿使词人为之神魂颠倒，"怎奈向"好景不长忽又离散。"素弦声断，翠绡香减"，仍是以形象叙别离，有凄清幽美之致。结句中，忽叙眼前景物，再次借景抒情，说尽心中一个"恨"字。

○刬(chǎn)：同"铲"。○青骢(cōng)：青白相间色的马。○红袂(mèi)：指女子，佳人。○娉(pīng)婷：指美人。○怎奈向：如何。

江城子

西城杨柳弄春柔,动离忧,泪难收。犹记多情曾为系归舟。碧野朱桥当日事,人不见,水空流。

韶华不为少年留。恨悠悠,几时休?飞絮落花时候一登楼。便作春江都是泪,流不尽,许多愁。

这是一首暮春怀人之作。首句写柳色,使人联想到青春易逝的感春伤别。"柔"字,有百般柔情,"弄"字则有撩拨玩弄之意,寓情于景。"杨柳弄春柔"使得人"动离忧,泪难收"。杨柳靠近水岸,当年在此系归舟。那时,一对情人踏过朱桥眺望原野,挥手告别。可如今,风景不殊,物是人非。"水空流"表达出内心的惆怅之深。韶华不为少年停留,离别之苦何时才能到头? 在这杨花似雪的暮春之际"一登楼",真是"便作春江都是泪,流不尽,许多愁"。巧妙地将泪流比作一江春水,滔滔不尽地向东奔流而去。

○归舟:返航的船只。

明 文征明 扇面画选十六开

鹧鸪天

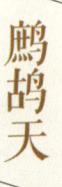

醉拍春衫惜旧香。天将离恨恼疏狂。年年陌上生秋草,日日楼中到夕阳。

云渺渺,水茫茫。征人归路许多长。相思本是无凭语,莫向花笺费泪行。

词人在对昔日欢歌的回忆中,流露出内心对平生的丝丝伤悲。上片从室内来叙述离愁别恨,词人借醉意拍衫,忆往昔春衫的香气,心想上天将离愁别恨集于自己一身,表达出内心的离愁无法排遣,"惜"字饱含词人对旧情的怀念。次句用"秋草""夕阳"烘托出对思念之人日复一日的想念之情与分离的折磨之苦。下片从云水渺茫、归路难求中,体现出与思念之人相见无期的悲伤。结句则是词人内心的自我安慰,思念之语无从诉说,离恨也这般浓厚,又何必"向花笺费泪行"呢?虽乃决绝之辞,却是情至之语。

○旧香:指过去的欢情遗留在衣衫上的香气。○无凭语:没有根据的话语。

临江仙

斗草阶前初见，穿针楼上曾逢。
罗裙香露玉钗风。
靓妆眉沁绿，羞脸粉生红。
流水便随春远，行云终与谁同？
酒醒长恨锦屏空。
相寻梦里路，飞雨落花中。

这是一首深情款款的怀人之作。词的首句描述了七夕佳节，女子在高楼穿针，男子又与她相逢。"罗裙香露玉钗风"三句，是描写与女子两次见面的情态。裙子沾湿了花间的露水，头上佩戴的玉钗迎风微颤。女子"靓妆眉沁绿，羞脸粉生红"，一个"羞"字，情意满满。下片"流水"一句写时光流逝，与女子生活结束了，她也不知该流落何方，依附谁人。人虽已离去，但情感却永远留存。女子像行云流水般不知去向，所以只得"相寻梦里路，飞雨落花中"，词人以梦境相寻表达出了对女子感情的深厚和思念之情，同时也抒发了词人自己生活中的真正哀愁。

○**斗草**：指古代春夏时的一种游戏名称。○**穿针**：指七月七日乞巧节。

鹧鸪天

别来音信千里,恨此情难寄。

碧纱秋月,梧桐夜雨,几回无寐。

楼高目断,天遥云黯,只堪憔悴。

念兰堂红烛,心长焰短,向人垂泪。

词作开篇点题,写与情人分别以后远隔千里,一片相思无从寄出。接着以哀景衬哀情,"碧纱秋月,梧桐夜雨",在纱窗外皎洁明月的照耀下,孤卧聆听淅沥的夜雨声。"几回无寐"一句点破相思,表达出主人公无法排遣的思人之情。"楼高目断,天遥云黯,只堪憔悴"句中"楼高目断"另笔叙写,与"几回无寐"相承接,表现出波澜起伏之势。结尾三句是精妙之词,将人比作红烛,以蜡烛滴泪表达出内心的忧伤,希望的渺茫。这三句景真情足,读来觉得缠绵悱恻,令人低徊。

○**碧纱**:指碧绿纱窗。 ○**目断**:望尽。 ○**心长焰短**:蜡烛烛芯长,烛焰短。比喻力不从心之感。

明 文徵明 扇面画选十六开

宋词

破阵子

燕子欲归时节,高楼昨夜西风。
求得人间成小会,试把金尊傍菊丛。
歌长粉面红。

斜日更穿帘幕,微凉渐入梧桐。
多少襟情言不尽,写向蛮笺曲调中。
此情千万重。

"燕子欲归时节,高楼昨夜西风。"点明了时节是晚春至秋初。同时也是对人物的特写:女子伫立在高楼之上,远望的眼中填满了思念。燕子都是双双飞舞,她却独自一人忍受这漫长的寂寞。当某一天,独自站在昔日的回廊中观望时,纵有千万花火,也不能将那断了的情伤之路点亮。女子的内心和思念已经寄出去,却一直没找到可以收留的地方,这是女子内心最真、最深的疼。

○**金尊**:指酒杯。 ○**斜日**:指夕阳。 ○**蛮笺**:指唐代四川地区所造的彩色花纸。

清平乐

晏殊

红笺小字,说尽平生意。
鸿雁在云鱼在水,惆怅此情难寄。

斜阳独倚西楼,遥山恰对帘钩。
人面不知何处,绿波依旧东流。

"红笺小字,说尽平生意"开篇看似平淡,实则蕴含着无数的情思,在红笺之上写满小字,说尽了爱慕之情。三、四句流露出主人公因书信无从传递的苦闷之情。古代有"雁足传书""鱼传尺素"的典故,前者出自《汉书·苏武传》,后者出自诗歌《饮马长城窟行》。词人借用典故表达了"惆怅此情难寄",运典出新,又为全词增添风致。词的下片由情到景,斜阳笼罩独自眺望的人影,十分凄清悲凉,远山又遮挡了视线阻隔了音信,更加令人忧愁难遣。结句流露出思念绵绵不尽之感:流水依旧,人却早已不在,唯有心中的思念,随着流水,向东而去。

◎红笺:红色的纸片或纸条。供题诗、写信等使用。　◎惆怅:失意伤感的心情。

宋词

玉楼春

绿杨芳草长亭路，年少抛人容易去。
楼头残梦五更钟，花底离愁三月雨。
无情不似多情苦，一寸还成千万缕。
天涯地角有穷时，只有相思无尽处。

词的首句写景，古道长亭是旅客歇息之所，也是有情人分别之处。女子泪眼相看，"年少"的他却狠心弃她而去。女子辗转反侧后方才入睡，但竟被五更钟声惊醒了残梦，又重陷无尽的思念与幽怨之中，花瓣也随之带着离愁飘落。表现出女子的思念之深与梦中人的薄情。下片首句以反语的语气将无情与多情做对比，无情怎似多情之苦，一片芳心蕴含千愁万恨，进一步加强语意与情感。天地有尽头而相思之情是无尽头的，正可谓"只有相思无尽处"。这首词，婉转而流畅，运用白描的手法表达思妇内心的活动，有很好的艺术效果。

○长亭路：送别之路。○残梦：未完成的梦。

半死桐

贺铸

重过阊门万事非,同来何事不同归?
梧桐半死清霜后,头白鸳鸯失伴飞。
原上草,露初晞。旧栖新垅两依依。
空床卧听南窗雨,谁复挑灯夜补衣!

词作上片首句直抒胸臆,词人重经阊门,回忆起曾经相濡以沫的妻子已经长眠地下,不禁涌出阵阵悲伤,次两句借用典故,以半死的梧桐和失伴的鸳鸯比喻自己天命之年孑身独存的寂寞孤苦之情。过片首句承上启下,既写出了妻子坟前的景物,又表达出对妻子生命的哀叹。"旧栖新垅两依依"化用陶潜《归园田居五首》其四"徘徊丘垄间,依依昔人居",下文便自然地转入词人在"旧栖"之中夜不能寐的相思:"空床卧听南窗雨,谁复挑灯夜补衣!"这两句描写如此哀婉凄绝,令人感慨万千。

○阊(chāng)门:代指苏州。○梧桐半死:指丧偶之痛。○清霜后:词中指年老时期。○晞:干。○新垅:指新坟。

子夜歌

三更月,中庭恰照梨花雪。梨花雪,不胜凄断,杜鹃啼血。

王孙何许音尘绝,柔桑陌上吞声别。吞声别,陇头流水,替人呜咽。

三更之月,只有被苦痛折磨未眠之人才能见到。词人在此情此景便脱口而出:"梨花雪,不胜凄断,杜鹃啼血。"午夜给人以凄清之感,白如雪的梨花唤起了内心的哀痛之情,又联想到魂化杜鹃啼血的悲鸣。闺中少妇盼望情郎归来,以至迟迟不能寐。下片写情郎无处寻觅,少妇只能在月下独自徘徊,回忆昔日的不舍分离。"吞声"两字更是写出分离之时欲哭不愿的悲痛之情。结句词人寓情于景进一步渲染离情,加深了词作哀怨伤感的气氛。

○ 杜鹃啼血:传说杜鹃日夜悲号于森林中,口中流血,常用来形容哀痛至极。
○ 陇头:即陇山,今在陕西、甘肃交界处。

明 文征明 扇面画选十六开

夜游宫

叶下斜阳照水,卷轻浪、沈沈千里。
桥上酸风射眸子。
立多时,看黄昏,灯火市。

古屋寒窗底,听几片、井桐飞坠。
不恋单衾再三起。
有谁知,为萧娘,书一纸。

本词通过对秋景的描写传达出一种思家怀人的情思。开篇二句,词人描写了所见之景:夕阳西下,余晖斑驳地洒在水面,江水翻滚着缓缓流去。后四句写词人伫立桥上,面迎秋风凭栏远眺,凝望着闹市久久不肯离去。"酸""射"二字表现出寒风的凛冽,表露沉浸在思绪中的人,对外部世界的异常态度。下片转写室内情景。夜深人静之时词人回到屋中,被无尽的相思缠绕,无法入眠,栏上坠下的梧桐声传入耳际。凄凉的环境,衬托出词人的孤寂与思慕之情。结句中词人挥笔倾吐自己的内心,"再三"二字,余味悠长。

○叶下:指落叶。○沈沈:形容水流不断的样子。○酸风射眸子:指冷风刺眼酸鼻流泪。○单衾(qīn):指薄被。○萧娘:在唐代,对女子的泛称。词中指作者的情侣。

三部乐

浮玉飞琼,向邃馆静轩,倍增清绝。夜窗垂练,何用交光明月。近闻道、官阁多梅,趁暗香未远,冻蕊初发。倩谁摘取,寄赠情人桃叶。

回文近传锦字,道为君瘦损,是人都说。袄知染红著手,胶梳黏发。转思量、镇长堕睫。都只为、情深意切。欲报消息,无一句、堪愈愁结。

上片主要写雪景写梅态。"浮玉飞琼"写出了雪景之凄清与美妙;"夜窗垂练"写出了面前极好的景致;"趁暗香未远,冻蕊初发"写出了红梅初放时的情态和神韵;"倩谁摘取,寄赠情人桃叶"则由景转情。采用衬托、比拟等手法,写梅写雪也写欲折梅寄梅的远行人。下片则放开景物,专心抒情,写闺中思远。含蓄地写出了其情意与愁苦。上片写寄梅是欲折而未折,下片写寄书是欲写而未写。全词寓情于景,表现出了深邃细腻、复杂难言的感情。

○邃(suì)馆:邃宇。 ○官阁:供人游戏的楼阁。 ○堕睫:指落泪。

宋词

薄幸

青楼春晚。昼寂寂、梳匀又懒。乍听得、鸦啼莺弄,惹起新愁无限。记年时、偷掷春心,花间隔雾遥相见。便角枕题诗,宝钗贳酒,共醉青苔深院。

怎忘得、回廊下,携手处、花明月满。如今但暮雨,蜂愁蝶恨,小窗闲对芭蕉展。却谁拘管?尽无言、闲品秦筝,泪满参差雁。腰支渐小,心与杨花共远。

这首词写少女对远在他乡的恋人的怀念与忧思。"昼寂寂、梳匀又懒"表露出少女孤单无伴、百无聊赖的心理状态。"鸦啼莺弄"为赏心悦耳之声,可对少女而言则是"惹起新愁无限",更深刻地表达出了内心的"愁"。"记年时"至上片结尾,词人以回忆的笔触,从形象入手,细腻地写出少女由初恋至热恋的情感过程。下片首句紧承上片,为上片做总结。次句用"如今但……"转折,流露出凄清之感,揭示少女为何"愁"。与上片所写对爱情的美好回忆互为反衬,更有力地表现出少女心灵深处的凄凉与"愁"的根源所在。该词写事写情层次分明,由刻画出的形象画面组织成文,构思精妙,情感有致。

○青楼:泛指女子所居的高楼。○弄:指鸟叫声。○偷掷春心:指暗恋一个人,愿以心相许。○宝钗贳酒:以钗钿来换酒喝。贳(shi)酒:指赊酒。○秦筝:即古筝。

明 文征明 扇面画选十六开

解佩令

史达祖

人行花坞。衣沾香雾。有新词、逢春分付。屡欲传情，奈燕子、不曾飞去。倚珠帘、咏郎秀句。

相思一度，秾愁一度。最难忘、遮灯私语。淡月梨花，借梦来、花边廊庑。指春衫、泪曾溅处。

———❀———

　　开篇写女子在花丛之中，衣衫沾满了花香。每逢春天到来，词人都会写新词让女子吟咏歌唱。今年的春天情人远在异乡，更不用说分付新词了。多少次想要托燕子传达情意，无奈它又不曾飞去。唯有重吟旧日的诗词，才能缓解眼前的相思。词人的想象，由花坞转入居处，句句写对方的动静，实则都是想象语。"花坞"是当日两人经行之处，"新词""秀句"也是情郎所为。"屡欲传情"写出了情侣间的无限深情，也从侧面写出自己与她的互相思念之情。每一次相思，都增添一分愁绪。语虽质直，但以真率之情动人，更觉真实可信，于是有了"最难忘、遮灯私语"。"淡月"三句，是绝妙之笔，唯有在梦中重回花坞，把春衫上的泪痕给相思之人看了。

苏幕遮

碧云天，黄叶地，
秋色连波，波上寒烟翠。
山映斜阳天接水。
芳草无情，更在斜阳外。

黯乡魂，追旅思，
夜夜除非，好梦留人睡。
明月楼高休独倚。
酒入愁肠，化作相思泪。

  这首词抒写羁旅相思之情。上片词作写景，透露着点点情丝。青碧的苍穹，满地的黄叶，天水一色，烟雾缭绕。夕阳西下，天地山水融为一体，交相辉映。词人淋漓尽致地刻画出一幅明丽壮观的秋景图，看似写景但又叙情，渲染出悲凉的气氛。下片抒情，情景相融。对妻子凄楚的思念，独居边塞的思乡之情，无法诉说。只能借酒消愁，而天边的明月倍增诗人的思念与惆怅。整首词充满苍悲之感，读起来令人荡气回肠。

○**芳草无情，更在斜阳外**：意为草地伸展到天涯，仿佛比斜阳更加遥远。○**黯乡魂**：思念家乡黯然的神情。○**追旅思**：追随缠绕着羁旅的愁思。

清商怨

江头日暮痛饮,乍雪晴犹凛。山驿凄凉,灯昏人独寝。

鸳机新寄断锦。叹往事、不堪重省。梦破南楼,绿云堆一枕。

　　上片首句,词人直舒其事,可见内心之不快。阳光照耀积雪,愈见其寒,雪后清寒之景衬托出词人心境之寒。接着,"凄凉"体现出词人独宿的孤苦,"灯昏"更添凄凉寂寞之感。上片四句在层次情景的组织上很新巧。下片由"独寝"做反向联想,"鸳机"一句,引用了苏蕙织锦来寄赠其夫窦滔的故事,表明心爱之人又寄来了相思信。虽"不堪"但仍向往,故避免不了"梦破南楼,绿云堆一枕"。"梦破"自是当年情事,之于今,也是温馨一梦。此词写羁旅愁思,加入艳情,更显出愁思的深切温厚。

○**江头**:江边。○**凛**:指寒冷。○**鸳机**:指纺织鸳鸯锦的织机。○**重省**:回忆,回顾。○**南楼**:武汉南城楼。词中指所念的女子。○**绿云**:形容女子头发乌黑。

鹧鸪天

雪照山城玉指寒,一声羌管怨楼间。江南几度梅花发,人在天涯鬓已斑。

星点点,月团团。倒流河汉入杯盘。翰林风月三千首,寄与吴姬忍泪看。

上片写别离滋味。雪照山城,词人与情人分离,充满了悲伤的气氛。江南的梅花开了又败,岁月早已染白了主人公的双鬓。整个上片读来有回肠荡气之感。下片抒思念情怀。苍茫无边的天空,唯有星光相陪,还是不顾一切地痛饮吧。"倒流河汉"巧妙化用了李贺"酒酣喝月使倒行"的意境,痛饮之际,恨不得让银河倒流,时光倒转,将所有郁闷情绪除个干净。结句抒怀,词人将无穷的往事、相思泻向笔端。可是区区篇章怎能表达得清,故借欧阳修《赠王安石》之句"翰林风月三千首",传达细微的内心情感。将一种无力排遣的悲凉愁绪发挥得淋漓尽致。

○羌管:古代西部羌族的一种管乐器,声音凄切、哀伤。○吴姬:泛指江南美丽女子。

鹧鸪天

却月凌风度雪清,何郎高咏照花明。一枝弄碧传幽信,半额涂黄拾晚荣。
春思淡,暗香轻。江南雨冷若为情。犹胜远隔潇湘水,忽到窗前梦不成。

清宵中,梅花独放,体现出环境的清幽。"明月""积雪"等意象突出了一种幽雅的情趣。"传幽信"表明词人的着眼点不在梅花的形体,而在于她所蕴含的春的信息。于是引出了"半额涂黄拾晚荣"。"额黄"指妇女额上的涂饰,"晚荣"指在深宵开放的梅花。暗香撩人,春思淡淡,女子自然忆起了远在江南的意中人,不禁黯然神伤。"潇湘水"暗指女子由自己和意中人的不幸遭遇,想起了湘君与湘夫人缠绵悱恻的爱情悲剧,又增添了几分悲剧感。于是当她再一次瞥见窗前独放的梅花时,便从幽梦中惊醒,感叹起自己的身世来。

○**却月**:指弯月。 ○**何郎**:何逊,南朝诗人。

明 文征明 扇面画选十六开

寻寻觅觅,冷冷清清,
凄凄惨惨戚戚。

宋词

唐多令

吴文英

何处合成愁？离人心上秋。纵芭蕉不雨也飕飕。都道晚凉天气好；有明月，怕登楼。

年事梦中休，花空烟水流。燕辞归、客尚淹留。垂柳不萦裙带住，漫长是、系行舟。

这是一首羁旅怀人的词。词的上片就眼前之景抒发离别之愁。怎样合成"愁"，即离别之人心上加个秋。纵然是秋雨停歇后，风吹芭蕉竟也吹出飕飕凉气。都道晚凉天气最好，皓月当空，我却害怕登楼，词人想必是怕登高怀远吧！往事如梦，似花落水流。秋深燕归，我却漂泊异乡。垂柳丝丝，不留伊人，却牢牢拴住"我"的行舟。下片的情感拓宽一步，将惜别赋予了更深的内涵，表现了词人下笔时的复杂心情和离别之际的无限愁绪。

○心上秋：合成"愁"字。○燕：喻指离去的恋人。○裙带：宋代女性的裙装前一般都有长长的垂带，上有环形或花朵形的金玉坠饰相配。此处指恋人。

卜算子

黄州定慧院寓居作

缺月挂疏桐,漏断人初静。
谁见幽人独往来,缥缈孤鸿影。

惊起却回头,有恨无人省。
拣尽寒枝不肯栖,寂寞沙洲冷。

词中词人借月夜孤鸿这一形象托物寓怀,表达了孤高自许、蔑视流俗的心境。上片营造了一个夜深人静、月挂疏桐的孤寂氛围,为"幽人""孤鸿"的出场作铺垫。"漏"指古代计时的漏壶,"漏断"即指深夜,"幽人""孤鸿"两个意象使孤独的形象更具体。下片更是直写自己孤寂的心境。"拣尽寒枝不肯栖,寂寞沙洲冷。"以象征的手法,用鸿的孤独缥缈、惊起回头、怀抱幽恨和选求宿处来衬托自己,表达了词人在贬谪时期的孤独、高洁且不愿随波逐流的心境。

○**漏断**:指深夜。漏,指古人计时用的漏壶。○**省**:理解。

蝶恋花

京口得乡书

雨后春容清更丽。
只有离人,幽恨终难洗。
北固山前三面水,碧琼梳拥青螺髻。

一纸乡书来万里。
问我何年,真个成归计。
白首送春拚一醉,东风吹破千行泪。

雨后春色更加青翠美丽,而那离开故乡多年的游子,内心忧愁怨恨难平。北固山前三面皆是水,弧形的江面,仿佛是碧玉梳子,苍翠的山峰,好像是美人的发髻。上片主要写景,却勾起了词人的无尽乡愁。下片紧承上片,侧重写自己的思乡之情。不直接回答乡书中的问题,而以春光易逝,借酒浇愁作结,但有家难归之意已溢于言表。这种似是而非的回答更具感染力量,充分抒发了词人的孤独与思乡之情。

○碧琼:这里指弧形的江面就像碧玉做成的梳子。

明 文征明 扇面画选十六开

蝶恋花

雨霰疏疏经泼火。巷陌秋千，犹未清明过。杏子梢头香蕾破。淡红褪白胭脂涴。

苦被多情相折挫。病绪厌厌，浑似年时个。绕遍回廊还独坐。月笼云暗重门锁。

这首词通过描写词人与其妻子王弗的生活情景，寄托了词人对妻子深深的怀恋。上片，回忆夫妻在清明节前后的欢乐生活。下片则笔锋一转，回忆夫妻长年的多情苦恋。多情本就苦，因为相爱，这苦更像链条一样牢牢地套住这对年轻的夫妻，简直度日如年。这段深沉回忆中的丝丝情愫尽在不言中。全词以回忆之笔，重现了词人与其妻子的两次典型的生活画面，展现了一个多情苦恋的夫妻形象，衬托出词人的孤独和对妻子的思念。

○**雨霰**(xiàn)：细雨和雪珠。○**泼火**：指寒食节，寒食节时下雨称为泼火雨。○**胭脂涴**(wò)：胭脂浸染。○**厌厌**：精神萎靡貌。○**年时**：一年时光。

蝶恋花

蝶懒莺慵春过半。
花落狂风,小院残红满。
午醉未醒红日晚,黄昏帘幕无人卷。
云鬓鬅松眉黛浅。
总是愁媒,欲诉谁消遣。
未信此情难系绊,杨花犹有东风管。

　　这首词以种种柔美的意象,塑造出一个孤独且多愁善感的伤春少女形象,烘托出她伤春的复杂心绪。春光已消逝大半,蝴蝶懒得飞舞,黄莺也有些倦怠,风卷花落,残红满院。心事重重的少女,不免触目伤情,倍添孤独之感。红日偏西,午醉未醒,光线渐暗,帘幕低垂。此情此景,无一字言伤春,而伤春意绪却跃然纸上。下片由人的外在形象过渡到人的内心世界,刻画出其愁思之重。悲凉之情油然而生。

　　○鬅松(bìn péng):蓬松,指头发松散的样子。○愁媒:这里指暮春景致处处皆能生愁。○系绊:这里是"维系"的意思,还可以引申为"寄托、有着落"。○杨花:指柳絮,是离愁别绪的代名词。

菩萨蛮

彩舟载得离愁动,无端更借樵风送。波渺夕阳迟,销魂不自持。

良宵谁与共,赖有窗间梦。可奈梦回时,一番新别离!

长亭离宴,南浦分手,一片哀愁。随着兰舟的渐行渐远,哀愁不但没有减轻,反而愈加凝重。天低水阔,烟波茫茫。一抹夕阳的余晖,在沉沉的暮霭中看上去是那般凄凉,毫无生机与情趣。只有独卧窗下,在神思魂萦的梦境中才能和心上人再次相见,而梦中的欢会虽然热烈、缠绵、温馨,无奈终有梦醒之时。一个"赖"字说明词人要把梦中的欢聚作为自己孤独心灵的唯一情感寄托。这首词上片怨责无端,下片跌宕起伏,一波三折,将有情人分别后思想感情的变化描写得极其细腻传神。

○**彩舟**:结彩的船,此处指行人乘坐的船。○**樵风**:树林中吹来的风。○**波渺**:水面宽阔,烟波茫茫的样子。

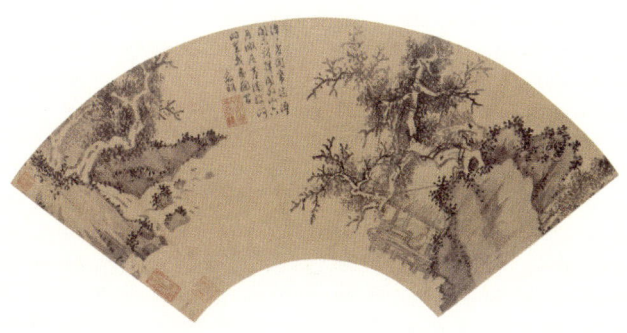

明 文徵明 扇面画选十六开

南歌子

疏雨池塘见,微风襟袖知。何处飞来白鹭立移时。阴阴夏木啭黄鹂。

易醉扶头酒,难逢敌手棋。日长偏与睡相宜。睡起芭蕉叶上自题诗。

上片写景。词人独立庭院,点点疏雨在池塘中留下微微涟漪,清风拂面而来。树木成荫,枝头黄鹂婉转啼鸣,一只不知从何处飞来的白鹭,落在池畔,迟迟不愿离去。词人观疏雨、沐轻风、听黄鹂、友白鹭,怡然自得。下片写人事。词人饮酒"易醉",下棋"难逢"敌手。寂寂长昼,词人以昏然一睡为"相宜"来自我解嘲。睡起题诗,也只能"自题"自赏!所志未遂,寂寂夏日,百无聊赖,知音难求,愁苦自知。

○扶头酒:一种使人易醉的烈酒。

声声慢

寻寻觅觅,冷冷清清,凄凄惨惨戚戚。乍暖还寒时候,最难将息。三杯两盏淡酒,怎敌他晚来风急?雁过也,正伤心,却是旧时相识。

满地黄花堆积。憔悴损,如今有谁堪摘?守著窗儿独自,怎生得黑!梧桐更兼细雨,到黄昏、点点滴滴。这次第,怎一个愁字了得!

首句的七组叠词极具音乐之美,气氛沉郁而又凄婉,烘托全词的气氛。词人独自饮一杯淡酒,抬头仰望,天暗云低,冷风呼啸,孤雁悲鸣,内心的哀愁汹涌而出。菊花憔悴不堪却无人采摘,如今也只剩自己忍受这无边无际的孤独了。黄昏之时,细雨又"点点滴滴",真是无边丝雨细如愁啊。结句一个"愁"字,独辟蹊径,将"愁"字之外的心绪表现得淋漓尽致。

○乍暖还(huán)寒:指秋天的天气,忽然变暖,又转寒冷。○将息:旧时方言,休养调理之意。○这次第:这光景、这情形。

蝶恋花 离情

暖雨晴风初破冻。柳眼梅腮，已觉春心动。酒意诗情谁与共？泪融残粉花钿重。

乍试夹衫金缕缝。山枕斜敧，枕损钗头凤。独抱浓愁无好梦，夜阑犹剪灯花弄。

暖雨晴风，柳萌梅绽，景色诱人，春光正好，却无人相伴，只得独自伤心落泪。全然不顾美景怡人，衣饰华贵，任凭"泪融残粉花钿重""枕损钗头凤"。思妇手弄灯花，比她矢口诉说思念亲人的心事，更耐人寻味，更富感染力。这首词感情真挚细腻，形象生动鲜明，对亲人的深切眷念跃然纸上。

○**柳眼**：初生柳叶，细长如眼，故谓"柳眼"。**梅腮**：梅花瓣儿，似美女香腮，故称"梅腮"。○**花钿**(diàn)：用金翠珠宝等制成花朵形的首饰。○**山枕**：即檀枕。因其形如"凹"，故称"山枕"。**敧**(qī)：靠着。○**钗头凤**：即头钗，古代妇女的首饰。因其形如凤，故名。

一五二

明 文徵明 扇面画选十六开

行香子

李清照

草际鸣蛩,惊落梧桐。正人间天上愁浓。云阶月地,关锁千重。纵浮槎来,浮槎去,不相逢。

星桥鹊驾,经年才见,想离情别恨难穷。牵牛织女,莫是离中。甚霎儿晴,霎儿雨,霎儿风。

此词借牛郎织女之事抒写人间离恨。草丛中清晰的蟋蟀叫声,梧桐叶掉落在地上的声音,均衬托出夜的静谧。七夕虽为牛郎织女相会之期,然而相会之时即为离别之日,想到今夜之后又要分别一年,心情自然是无法言说。牛郎织女今夜尚能相见,而自己却无此机会,词人内心的悲愁可见一斑。分别一年,只得一夕相会,离情别恨,自然年年月月永无穷尽。这首词由人间写起,先言个人所见所感,再言天上神话世界。通篇以牛郎织女的传说为寄托,境界奇丽,曲径通幽,写尽了青年男女的离愁别恨。

○蛩(qióng):蟋蟀。○槎(chá):用竹木编成的筏子。○星桥鹊驾:传说七夕牛郎织女在天河相会时,喜鹊为之搭桥,故称鹊桥。

阮郎归

旧香残粉似当初,人情恨不如。
一春犹有数行书,秋来书更疏。

衾凤冷,枕鸳孤,愁肠待酒舒。
梦魂纵有也成虚,那堪和梦无?

此词写居者思行者。上片写怨情。往昔所用香粉虽给人以残旧之感,但物仍故物,香犹故香,而离去之人的感情,却经不起空间与时间考验,逐渐淡薄,今不如昔了。抒写了女主人公对行者薄情的满腔怨恨。下片转而叙述女主人公夜间的愁思,抒写其处境的凄凉、相思的痛苦。前三句写衾冷枕孤,遣愁无计,应是入夜后、就寝前的感触。结尾两句,层层逼近。上句说已看穿了梦境的虚幻,似乎有梦无梦都无所谓,绝望之情已跃然纸上。下句一转,把词意又推进一层,欲擒故纵,跌宕起伏,相思之情和幽怨愁恨油然而生。

○**旧香残粉**:指旧日残剩的香粉。香粉,女性化妆用品。○**疏**:稀少。○**衾凤**:绣有凤凰图纹的彩被。○**枕鸳**:绣有鸳鸯图案的枕头。

诉衷情

凭觞静忆去年秋,桐落故溪头。诗成自写红叶,和恨寄东流。

人脉脉,水悠悠。几多愁。雁书不到,蝶梦无凭,漫倚高楼。

此词描写孤独的相思之苦。开头两句回忆去年秋天与情人在故溪头、桐树下相晤话别的情景。接下来用"红叶题诗"的典故,暗中将自己比喻成幽闭的宫女,其孤独寂寞之情状依稀可见。"漫倚高楼"时,凝望着悠悠的流水,心中所忆、所想、所希冀均在不言中。全词以倚楼作结,但并没有停止倚楼的行为,有种意犹未尽之感。

○**凭**:依仗,这里借指拿着。**觞**:古时的酒器,这里指酒杯。

一五六

明 文征明 扇面画选十六开

霜天晓角·梅

晚晴风歇,一夜春威折。脉脉花疏天淡,云来去,数枝雪。

胜绝,愁亦绝。此情谁共说。惟有两行低雁,知人倚、画楼月。

此词以"梅"为题,写出了怅惘孤寂的哀愁。上片写景之胜。以"脉脉"加诸"花疏天淡"之上,使人感到不仅那脉脉含情的梅花,就连安详淡远的天空也仿佛在向人致意。下片写愁之绝。雁有两行,反衬人之寂寞孤独。雁行之低,表示鸿雁将要归宿,而所怀之人此时仍飘零异乡未归。以淡景写浓愁,以良宵衬孤寂,寓浓于淡,耐人寻味。

○**春威**:初春的寒威。俗谓"倒春寒"。○**脉脉**:深含感情的样子。○**胜绝**:景色极美,人也极愁苦。

关河令

秋阴时晴渐向暝。变一庭凄冷。
伫听寒声,云深无雁影。

更深人去寂静。但照壁孤灯相映。
酒已都醒,如何消夜永!

这首词写羁旅孤栖的情景。上片于明处写日间情景,暗里抒情,寓情于景。首句以白描手法勾出了秋天时阴时晴、黯淡的特点,也突现出了词人的感情。一个"变"字,揭示了"凄冷"之因。"伫听寒声"可见人之心寒、孤寂,加浓了羁旅"凄冷"的情味。"云深无雁影",更加重了寂寞之感,也触发了词人的思乡念亲之情。下片写夜间之景,情景交融。"人去"二字写出旅途中旅伴的聚散无常,也愈能衬托出远离亲人的凄苦。全词取境典型,意象鲜明,人与物、情与境,浑然融为一气。结句直接抒情,格调清峭,情味淡永。

○寒声:即秋声,指秋天的风声、雨声、虫鸟哀鸣声等。此处是指雁的鸣叫声。
○消夜永:度过漫漫长夜。

青门引

乍暖还轻冷,风雨晚来方定。
庭轩寂寞近清明,残花中酒,又是去年病。

楼头画角风吹醒,入夜重门静。
那堪更被明月,隔墙送过秋千影。

此为春日怀人之作。上片起首两句,写词人对春日里天气频繁变化的感受。"乍暖"表示由春寒忽然变暖,"还"字一转,引出又一次变化。"庭轩"一句,由天气转为现境,并点出清明这一时节。下片中一个"醒"字,表现出角声与晚风并至,而醉人不得不醒的一刹那间的反应,同时也暗示酒醉之深和愁恨之重。"入夜"一句,即以现境象征痛苦的心境。结句指出重门也阻隔不了触景伤怀的心情,溶溶月光送来了秋千的影子。这一描写深刻地表现出词人抑郁的心灵。此词寓情于景,写人却言物,写物却只写物之影,耐人寻味。

○**方定**:才定。○**中酒**:喝醉了酒。○**画角**:军中号角,因涂有色彩故曰画角。

一六〇

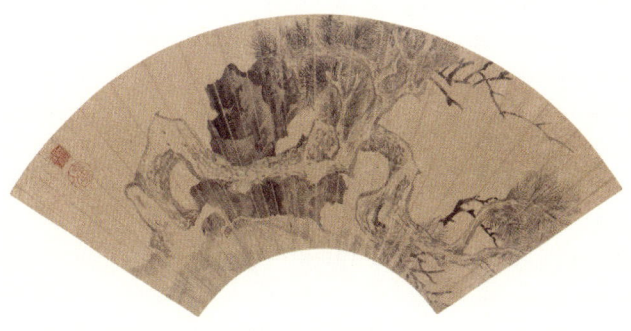

明
文徵明 扇面画选十六开

南乡子·端午

李之仪

小雨湿黄昏。重午佳辰独掩门。巢燕引雏浑去尽,销魂。空向梁间觅宿痕。

客舍宛如村。好事无人载一樽。唯有莺声知此恨,殷勤。恰似当时枕上闻。

整首词即景生情,即事喻理,抒发了在端午节的一种闲愁。上片重在写景。下着小雨的端午节,词人独自一人,百无聊赖,回忆起往日的热闹时光,黯然伤神。下片抒情,每逢佳节倍思亲,而旅居在外的词人因为没有友人的陪伴,而无从分享自己喜悦的心情,这更加深了词人心中的寂寥、落寞之闲情。词人孤独、寂寞的心理状态可见一斑。

○湿:浸润。○巢燕:巢里的燕子。

虞美人 寄公度

芙蓉落尽天涵水,日暮沧波起。
背飞双燕贴云寒,独向小楼东畔倚阑看。
浮生只合尊前老,雪满长安道。
故人早晚上高台,赠我江南春色一枝梅。

这是一首寄赠友人的词。上片写日暮登台所见。"芙蓉落尽"点明时节,暗示衰败孤寂之意。"沧波起"点出寒意,暗自慨叹人世沧桑。"贴云寒"言飞行之高,又从视感而转化为一种心理感受,暗示着离别的悲凉况味。末句一个"独"字,既写倚栏眺景者为独自一人,又透露出触景而生的孤独惆怅之感。下片抒念远怀人之情。"雪满长安"既点时地,又渲染出一派冷寂的气氛,岁暮怀人的孤凄心境可想而知。结尾两句用典,却又切合词人当年与友人置酒相别的一段情事。全词构思精巧,首尾呼应,借景传情。

○**背飞双燕**:双燕相对而飞,此处有与朋友离别的意思。○**早晚**:这里为随时、每日之意。

临江仙

与客湖上饮归

叶梦得

不见跳鱼翻曲港,湖边特地经过。萧萧疏雨乱风荷。微云吹散,凉月堕平波。

白酒一杯还径醉,归来散发婆娑。无人能唱采莲歌。小轩倚枕,檐影挂星河。

此词抒发作者与客于湖上饮酒归来的情怀。上片写宴集刚散,余兴未尽。遂与友人特地绕至湖边,但夜色萧索,湖面平静,只听见雨声淅沥,荷叶翻转。忽然,风过处,云散去,一片凉月,映入湖中。下片写湖上归来以后的心情。本想听支采莲小曲,但夜深人静,无人放歌,而愁闷也只好郁积心底,无从排遣。"无人"说明了作者的孤独。于小轩中倚枕而卧,却难以入睡,突出了作者日夜沉思的形象。全词以景作结,留有余味。

明 文征明 扇面画选十六开

青玉案

碧山锦树明秋霁。路转陡,疑无地。忽有人家临曲水。竹篱茅舍,酒旗沙岸,一簇成村市。

凄凉只恐乡心起。凤楼远、回头谩凝睇。何处今宵孤馆里,一声征雁,半窗残月,总是离人泪。

这是一首抒写旅愁乡思的词。首句点出行旅的时节和心境。接着写竹篱茅舍的临水人家,岸边迎风轻扬的酒旗,远处错落的烟村,宁静安详而富有人情味,使旅人感到一种有所依托的温暖和慰藉。然而这如画的烟村,又成为思乡的媒介,于是正当惊喜时,一缕乡思又从心底萌生。转而感叹路远人遥,视线难及,纵然回头凝望,也是徒劳。过片承转十分自然,直领下片,写来吞吐曲折,虚实错综,极尽铺染之事。结尾四句表明词人独宿孤馆,乡思萦怀,其处境充满惆怅,催人泪下。

○锦树:指秋霜染红的树木。○凤楼:妇女居处。这里指家中的妻子。○谩:徒然、空自。凝睇:凝神而望。

长相思

雨

万俟咏

一声声,一更更。窗外芭蕉窗里灯,此时无限情。

梦难成,恨难平。不道愁人不喜听,空阶滴到明。

这首词写听雨失眠之愁情。全词通篇不见"雨"字,却全是夜雨之声,愁人之情见于言外,极尽含蓄蕴藉、深沉委婉之致。本就愁苦,那风雨更让人感到凄凉,一时百感交集,更觉"恨难平"。"空阶滴到明",强调空,也突出离人寂寞孤苦之感,而那"愁人"肯定也是一夜未眠,否则怎会知道雨一直下到天明呢?

○**空阶**:台阶上没有人。

临江仙

愁与西风应有约,年年同赴清秋。旧游帘幕记扬州。一灯人著梦,双燕月当楼。

罗带鸳鸯尘暗淡,更须整顿风流。天涯万一见温柔。瘦应缘此瘦,羞亦为郎羞。

这首小令借闺中人思念远方的游子之意寄托自己受刑发配外地而对过去美好生活的愁思和向往。上片着重写女主人公独宿空房的孤寂心境。开首二句构思精巧,词人把抽象的"愁"情与无形的"西风"都人格化,它们仿佛早有约会似的,每年到清秋时节都要前来赴约,相聚在一起,这就十分诗意地表达了女主人公的心情。下片写女主人公思人时的微妙心理活动。结尾二句"瘦应缘此瘦,羞亦为郎羞"是女主人公内心声音的坦诚流露,展现出一个痴情女子对爱情的忠贞。

○风流:这里指风韵。

明 文征明 扇面画选十六开

忆秦娥

秋萧索,梧桐落尽西风恶。
西风恶,数声新雁,数声残角。
离愁不管人飘泊,年年孤负黄花约。
黄花约,几重庭院,几重帘幕。

这首词写游子的伤秋怀人之情。整个上片写出了一派浓重的秋意,为下文写游子的愁绪渲染了氛围。梧桐叶落、西风、雁声等意象的描写,为下片游子的孤寂之情的抒发,奠定了基调。那深深庭院里、重重帘幕中的人是怎样忍受相思的煎熬和独处的孤寂的,她年复一年地翘首盼望远游子归来的心情,已是不言而喻。这首词以直笔写游子离愁,以暗墨写闺人之幽怨,相思的情愫被萧索秋景的环境衬托得更加深挚动人。

○孤负:辜负。

菩萨蛮 宿水口

断虹远饮横江水，万山紫翠斜阳里。系马短亭西，丹枫明酒旗。

浮生常客路，事逐孤鸿去。又是月黄昏，寒灯人闭门。

这首词抒发羁旅幽思。上片写景。起首二句写远景，雨后初晴，一道断虹斜插于东南方的长江之上，在夕阳落照之下，千山万水，一片紫翠。接着两句转写投宿，兼及近景。恍如一幅诗意盎然的画卷。下片抒情。抒写客居此地的孤独之感。"浮生常客路，事逐孤鸿去。"二句，谓词人奔走仕途，一事无成。结尾二句饶有韵味，从时间上看，上片写夕阳时，提到山犹染紫，结尾写"月黄昏"，表明已经暮色苍茫。"又是"二字，点明词人已经在外不知漂泊了多少个日日夜夜，尝尽了多少愁苦。时已云暮，词人只有点上寒灯，闭门独坐而已。孤独之情可见一斑。

○**短亭**：古时修于官道旁，以供行人休息的亭子，多是五里一短亭，十里一长亭。

清平乐 宫怨

珠帘寂寂,愁背银釭泣。
记得少年初选入,三十六宫第一。
当年掌上承恩,而今冷落长门。
又是羊车过也,月明花落黄昏。

这首词反映的是宫廷女子失宠后寂寞无助的生活,词风哀婉,韵味无穷。首句点出眼下的寂寞之苦。"珠帘寂寂"表明长时间没有人进出,甚至连风也没有,点出了孤独与落寞。"银釭"指银灯。银灯点亮,表明一个难熬的白天又过去了,但是更难熬的夜晚又降临了。如此日复一日,深居冷宫,满腹愁怨无法排遣,只好独自背着银灯哭泣。想到初选入宫时年轻美丽,艳压群芳,独得恩宠的情景不禁黯然伤神。下片依然凄苦。"又是羊车过也"指帝王御幸其他宫女,经过其居所,与冷落的"长门"形成鲜明对比。"又是"二字饱含辛酸,无奈与悲凉之情,绵绵不绝。

○珠帘:指用珍珠缀饰的帘子。 ○羊车:指帝王所乘之车。

明 文征明 扇面画选十六开

世事一场大梦,
人生几度新凉?

定风波

三月七日，沙湖道中遇雨。雨具先去，同行皆狼狈，余独不觉。已而遂晴，故作此。

莫听穿林打叶声，何妨吟啸且徐行。竹杖芒鞋轻胜马，谁怕？一蓑烟雨任平生。

料峭春风吹酒醒，微冷，山头斜照却相迎。回首向来萧瑟处，归去，也无风雨也无晴。

这首词彰显了词人旷达的胸怀以及超脱的人生观。首句中"莫听"两字含不足萦怀之意，第二句是第一句的延伸，"何妨"中透着一点俏皮。此两句即为全篇主脑，以下词情都从此抒发。下片前三句写雨过天晴的景象，既与上片所写风雨对应，又为下文所发人生感慨作铺垫。结尾三句饱含人生哲理，道出了词人在大自然微妙的一瞬所获得的顿悟和启示：自然界的雨晴既属寻常，毫无差别，社会人生中的政治风云、荣辱得失又何足挂齿？"风雨"二字，一语双关，既指野外途中所遇风雨，又暗指政治"风雨"和人生险途。全词生动、诙谐，展示出词人处变不惊、不随物悲喜的超脱人生观。

蝶恋花

花褪残红青杏小。燕子飞时,绿水人家绕。枝上柳绵吹又少。天涯何处无芳草!

墙里秋千墙外道。墙外行人,墙里佳人笑。笑渐不闻声渐悄,多情却被无情恼。

这首词借墙里、墙外、佳人、行人一个无情,一个多情的故事,寄寓了词人的忧愤之情,也蕴含了词人对充满矛盾的人生悖论的思索。上片首句既写了衰亡,也写了新生,残红褪尽,青杏初生,这本是自然界的新陈代谢,却让人感到几分悲凉。接着词人把视线移向广阔的空间,心情也随之轩敞,一扫起句的悲凉。一个"又"字,表明词人看絮飞花落,非止一次,伤春之感,溢于言表。下片写墙外行人只能听到墙内荡秋千人的笑声,却见不到芳容。一堵围墙,挡住了视线,却挡不住青春的美。这首词虽然写情,但其中也渗透着人生哲理。

念奴娇 赤壁怀古

大江东去,浪淘尽、千古风流人物。
故垒西边,人道是、三国周郎赤壁。
乱石穿空,惊涛拍岸,卷起千堆雪。
江山如画,一时多少豪杰!
遥想公瑾当年,小乔初嫁了,雄姿英发。
羽扇纶巾,谈笑间、樯橹灰飞烟灭。
故国神游,多情应笑我、早生华发。
人生如梦,一尊还酹江月。

　　此词怀古抒情。上片咏赤壁,着重写景。前三句不仅写出了大江的气势,而且表达了对千古英雄人物的向往。"乱""穿""惊""拍""卷"等词语精妙地勾画了古战场的险要形势,从而为下片追怀赤壁大战中的英雄人物做铺垫。下片着重写人,借对周瑜的仰慕,抒发自己功业无成的感慨。"多情"后几句虽表达伤感之情,但实则是词人不甘沉沦,奋发向上的表现。尽管政治上失意,但词人的旷达使其却从未对生活失去信心。全词借古传颂英雄之业绩,思自己历遭之挫折,抒发了他内心忧愤的情怀。

　　○**故垒**:过去遗留下来的营垒。○**周郎**:指三国时吴国名将周瑜。下文中的"公瑾",即指周瑜。

明 文征明 扇面画选十六开

洞仙歌

冰肌玉骨，自清凉无汗。水殿风来暗香满。绣帘开，一点明月窥人，人未寝，欹枕钗横鬓乱。

起来携素手，庭户无声，时见疏星渡河汉。试问夜如何？夜已三更，金波淡，玉绳低转。但屈指西风几时来，又不道流年暗中偷换。

　　这首词写古代帝王后妃的生活，全词清空灵隽，语意高妙，想象奇特，波澜起伏，读来令人神往。上片交代背景。过片方写行止、感受、思索、意境和哲理。既起之后，来至中庭，时已深宵，仰而见月。"试问"一句，从容地传达出二人携手静玩夜空之景已久。花蕊夫人本是孟昶的宠妃，后蜀灭亡之后，花蕊入宋，以"十四万人齐解甲，更无一人是男儿"的诗句令赵匡胤大为倾倒。不久，孟昶暴亡，花蕊成了太祖的贵妃，据说跟太宗赵光义也有瓜葛。对这样一个与三个皇帝有绯闻的"亡国之妃"，词人坦然地把她刻画得几近仙女，且毫不避讳地写她与孟昶的爱情，由此可见词人的爱情观及婚恋观。

○**水殿**：建在成都摩诃池上的宫殿。○**玉绳**：星名，位于北斗星附近。

浣溪沙

游蕲水清泉寺,寺临兰溪,溪水西流。

山下兰芽短浸溪,松间沙路净无泥,萧萧暮雨子规啼。谁道人生无再少?门前流水尚能西,休将白发唱黄鸡。

此词为词人贬谪黄州时期所作。上片写清泉寺幽雅的风光和环境。山下小溪潺潺,岸边兰草刚刚萌生出娇嫩的幼芽。松林间的沙路,仿佛经过清泉冲刷,一尘不染,异常洁净。傍晚细雨萧萧,寺外传来了杜鹃的啼声。这一派画意的光景,涤去了官场的恶浊,没有了市朝的尘嚣。人们惯用"白发""黄鸡"比喻世事匆促,光景催年,而词人的两句:"谁道人生无再少?""休将白发唱黄鸡!"则是对青春活力的召唤。在贬谪生活中,一反感伤迟暮的低沉之调,唱出如此催人自强的歌曲表现出了词人乐观旷达的性格。

○**短浸溪**:指初生的兰芽浸润在溪水中。○**子规**:杜鹃鸟,相传为古代蜀帝杜宇之魂所化,亦称"杜宇",鸣声凄厉,诗词中常借以抒写羁旅之思。

行香子 过七里濑

一叶舟轻,双桨鸿惊。
水天清、影湛波平。
鱼翻藻鉴,鹭点烟汀。
过沙溪急,霜溪冷,月溪明。

重重似画,曲曲如屏。
算当年、虚老严陵。
君臣一梦,今古空名。
但远山长,云山乱,晓山青。

这首词虚实结合,给人以诗情画意的美感享受。上片前六句描写清澈宁静的江水之美,下片以山起,以山结,中间插入议论感慨。很多人说苏轼因与朝廷掌权者意见不合,而贬谪杭州任通判期间,尽管仕途不顺,却仍然生活得轻松闲适。词人也经常发出"人生如梦"的感慨,但他的感慨总是给人一种生动活泼的感觉,人们从苏词中得到的,不是灰色的颓唐,而是绿色的欢欣,使人的肉体和灵魂都得到了升华。

○藻鉴:指背面刻有鱼、藻之类纹饰的铜镜,这里比喻像镜子一样平的水面。

明 沈仕 花鸟扇面十开

沁园春

孤馆灯青,野店鸡号,旅枕梦残。渐月华收练,晨霜耿耿;云山摛锦,朝露漙漙。世路无穷,劳生有限,似此区区长鲜欢。微吟罢,凭征鞍无语,往事千端。

当时共客长安,似二陆初来俱少年。有笔头千字,胸中万卷;致君尧舜,此事何难。用舍由时,行藏在我,袖手何妨闲处看。身长健,但优游卒岁,且斗尊前。

这首词由景入情,由今入昔,直抒胸臆,表达了作者人生遭遇的不幸和壮志难酬的苦闷。上片的早行图与下片的议论浑然一体,贯穿一气,构成一个统一、和谐的整体。头几句写景,其后转入追忆往事,结尾数句表明作者已从壮志难酬的苦闷中摆脱出来,获得了内心的平静和安慰。全词集写景、抒情、议论于一体,融诗、文、经、史于一炉,抒写了沉郁惆怅的心境,文思连贯,一气呵成,体现了卓绝的才情。

○摛(chī)锦:似锦缎展开。形容云雾缭绕的山峦色彩不一。 ○漙漙(tuán):露多的样子。 ○共客长安:兄弟二人嘉祐间客居汴京应试。长安,代指汴京。 ○二陆:指西晋文学家陆机、陆云兄弟。此以"二陆"比自己及弟苏辙。

西江月

世事一场大梦,人生几度新凉?
夜来风叶已鸣廊,看取眉头鬓上。

酒贱常愁客少,月明多被云妨。
中秋谁与共孤光,把盏凄然北望。

词一开端,便慨叹世事如梦,几度秋凉之问,风叶鸣廊,忽觉人生短暂,已惊繁霜侵鬓,益觉开头浮生若梦的感叹,并非看破红尘的彻悟,而是对自身遭遇心有不平,从而深感人生如梦般荒谬与无奈。而一切皆如白驹过隙,雪后飞鸿,人生只是天地间偶然的漂泊,所以不应太执着于现实中的得失荣辱,而应超脱于具体的万事万物,使自己内心趋于平衡。此词由中秋思及人生,以自然的变幻来反衬词人对人生命运的无奈喟叹,寄意深刻,韵味悠远。

○**风叶已鸣廊:** 此由风叶鸣廊联想到人生之短暂。

宋词

浣溪沙

一曲新词酒一杯，去年天气旧亭台。夕阳西下几时回？

无可奈何花落去，似曾相识燕归来。小园香径独徘徊。

　　此词虽含伤春惜时之意，却实为感慨抒怀之情。词之上片绾合今昔，叠映时空，重在思昔。下片则巧借眼前景物，着重写眼前的感伤。全词语言通俗晓畅，清丽自然，意蕴深沉。词中所抒发的对美好事物消逝的惆怅感伤之情中蕴含着珍视人生的哲理，耐人寻味。"无可奈何花落去"一联自然工丽，在用虚字构成工整的对仗唱叹传神方面表现出词人的深情。末句则表达出词人在惋惜、欣慰之余的独自沉思。

　　○新词：刚填好的词，意指新歌。○小园香径：花草芳香的小径，或指落花散香的小径。

明 陈淳 花鸟扇面十开

采桑子

时光只解催人老,不信多情,
长恨离亭,泪滴春衫酒易醒。

梧桐昨夜西风急,淡月胧明。
好梦频惊,何处高楼雁一声?

此词以轻巧空灵的笔法、婉转含蓄的感情,写出了一种深沉的人生感慨,抒发了叹流年、悲迟暮、伤离别的复杂情感。全词感情悲凉而不凄厉,风格清丽哀怨,使人浮起对人生的几多联想。上片概述时光之无情,想不到有情人长期隔绝,企图忘却又不能忘却,三层意思层层拉紧,使读者身临其境。下片写春去秋来,触景生情,相思难禁,用意超脱高远,"好梦频惊"使人充分地感受到沉重的分量。总体表现了一种澄净明彻而又富有意义的人生境界。

○**离亭**:古代送别之所。○**春衫**:年少时穿的衣服,代指衣服。○**胧明**:微明。

渔家傲

画鼓声中昏又晓,时光只解催人老。求得浅欢风日好,齐揭调,神仙一曲渔家傲。

绿水悠悠天杳杳。浮生岂得长年少。莫惜醉来开口笑。须信道,人间万事何时了。

此词抒写了一种及时行乐的人生观感,较为消极。更鼓声中,昼夜交替,时光流逝,人渐苍老。"昏又晓",白天与黑夜更迭,形象地表达出时光的流逝。风和日丽,良辰美景,赏心悦目,何不及时行乐,饮酒赋歌,听一曲《渔家傲》。绿水悠悠,天地茫茫,在这纷繁的红尘中,人又怎能永远年轻。宇宙无穷,人生苦短,莫再担心酒醉,只管开怀畅饮,人间万事细如毛,只管付之一笑。

○画鼓: 有彩绘的鼓。 ○揭调: 高调,放声歌唱。 ○杳杳: 悠远渺茫。

西江月

世事短如春梦,人情薄似秋云。
不须计较苦劳心,万事原来有命。
幸遇三杯酒好,况逢一朵花新。
片时欢笑且相亲,明日阴晴未定。

这首小词从慨叹人生短暂入笔,表现了词人暮年对世情的一种彻悟,流露出一种闲适旷远的风致。起首两句,用饱含辛酸的笔触,形象地表达了作者对人生的认识。人生苦短,世事无常,如梦如幻。梦终究要醒,人终究要散。"原来"二字,透出一种无可奈何的神情,又隐含了几分激愤。不如及时行乐,对饮开怀,得乐且乐,但还是不禁为此叹息。由全词可以看出,词人的生活态度是强作达观而实则颓唐,流露出一种闲旷的风致。

○**有命**:命中注定的。○**花新**:新开的鲜花。

一九〇

明 陈淳 花鸟扇面十开

西江月

日日深杯酒满,朝朝小圃花开。自歌自舞自开怀,且喜无拘无碍。

青史几番春梦,黄泉多少奇才。不须计较与安排,领取而今现在。

这首词写作者晚年以诗、酒、花为乐事的闲淡生活,用语浅淡而意味悠远,流露出一种闲适的情调。起首两句写词人终日醉饮花前,深杯酒满可见饮兴之酣畅,小圃花开点出居处之雅致。三个"自"字隔字重叠,着力突出自由自在、自得其乐的神态。下片文情陡变,两个对句表达了作者对世事人生的认识:所谓人类的历史不过是几场短暂春梦的连缀,无论怎样的奇士贤才都终究会归于黄泉。字里行间透露着词人对人生世事的无可奈何之感。

○小圃:小小的花园。○青史:古时用竹简记事,所以后人称史籍为青史。

减字木兰花

朱铁佛

刘郎已老。不管桃花依旧笑。
要听琵琶,重院莺啼觅谢家。
曲终人醉,多似浔阳江上泪。
万里东风,国破山河落照红。

这首词在短短的四十四个字中连用三典,首句使用唐代诗人刘禹锡《重游玄都观》诗中的"刘郎"自谓,第二句用唐代诗人崔护《题都城南庄》诗中的"桃花依旧笑春风"之典。用典灵活、自然、贴切,词风明快,内容安排层次清楚。下片中"多似浔阳江上泪"使用白居易在浔阳江上听琵琶后有感之典,联想到收复失地无望的现实,在静穆中突然迸发出的爱国激情,如一股抑制不住的激流,激荡人心,久久不能平静。

○**刘郎**:指唐诗人刘禹锡。他曾被贬至南方连州、朗州等地。作者因战乱而流浪南方,故以刘郎自比。 ○**重院**:深院。

临江仙

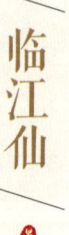

身外闲愁空满,眼中欢事常稀。
明年应赋送君诗,相会几多时。
细从今夜数,

浅酒欲邀谁劝,深情惟有君知。
东溪春近好同归。
柳垂江上影,梅谢雪中枝。

这首词是酒席间的赠人之作。词的上片写的是与友人在一起的酒筵欢会,却以"眼中欢事常稀"来表现,使欢乐也蒙上一层愁苦的阴影。下片以"东溪春近好同归"为核心,表述了词人对生活的取向和希望。词人对人生的思索,总是不免有些哀愁,悲伤与欢乐,聚合与离散,总是能掀起几多波澜。

○**相会**:相聚。 ○**东溪**:泛指风景美好的地方。

一九四

明 陈洪绶 花鸟扇面十开

满江红

江行和杨济翁韵

过眼溪山,怪都似、旧时曾识。还记得、梦中行遍,江南江北。佳处径须携杖去,能消几两平生屐?笑尘劳、三十九年非,长为客。

吴楚地,东南坼。英雄事,曹刘敌。被西风吹尽,了无陈迹。楼观才成人已去,旌旗未卷头先白。叹人间、哀乐转相寻,今犹昔。

此词为舟行江上、词人触景生情所作。上片写景,描写行江途中所见山川之美,隐含着时光如梭、往事如梦之意。下片因地怀古,由山川河流陡峭险阻引起对古代英雄事迹的追忆,叹英雄无觅,深以"旌旗未卷头先白"为憾。以此可窥见词人胸中十分矛盾,郁闷难平。全词不仅抒发了怀古之情,还将现实政治感慨一并结合,指点江山,激扬文字,纵横议论,颇为愤慨。

○两(liǎng):一双。 ○屐:木底有齿的鞋,六朝人喜着屐游山。

少年游

柳永

长安古道马迟迟,高柳乱蝉嘶。夕阳鸟外,秋风原上,目断四天垂。

归云一去无踪迹,何处是前期?狎兴生疏,酒徒萧索,不似少年时。

这首小词为柳永暮年重游长安时自伤身世所作。此词上片以深秋的长安为背景,触目伤怀,自述其当时之落魄潦倒,意断望绝。采用白描手法,语言朴素,但感慨极深。下片写对过去欢乐时光的追忆,发现世事变迁之后,一切希望与欢乐都不可复得。全词情景相生,虚实互应,不仅是一首艺术造诣极高的好词,更是词人这一悲剧性人生的缩影。

○**原上**:乐游原上,在长安西南。○**归云**:飘逝的云彩。这里比喻往昔经历而现在不可复返的一切。○**前期**:以前的期约。既可指往日的志愿心期又可指旧日的欢乐约期。○**狎兴**:游乐的兴致。狎:亲昵而轻佻。

鹊桥仙 夜闻杜鹃

陆游

茅檐人静,蓬窗灯暗,春晚连江风雨。林莺巢燕总无声,但月夜、常啼杜宇。

催成清泪,惊残孤梦,又拣深枝飞去。故山犹自不堪听,况半世、飘然羁旅!

这首词以叙述的口吻,描述杜鹃夜啼的情景和氛围,突出词人宦游生活中的孤独愁绪。上片描述杜鹃夜啼的情景,着重于气氛的渲染,更使人感到愁苦不堪。一个"总"字传达出怨责、无奈的情味。下片写愁苦情状和内心痛楚。"孤梦"点明客中,因为无聊,便寄托于梦,还偏被"惊残","又"表明又是一个无可奈何。"不堪听"就是因为打动了岁月如流、志业未遂的心绪,加重了一重羁愁。结尾两句的痛切感悟,表明了词人对朝廷如此对待自己的强烈不满。

○蓬窗:即编蓬草为窗,指窗户之简陋。 ○春晚:即晚春,暮春时节。 ○故山:故乡的山林,即故乡。

一九八

明 江介 花鸟扇面十开

石州慢

寒水依痕,春意渐回,沙际烟阔。溪梅晴照生香,冷蕊数枝争发。天涯旧恨,试看几许消魂?长亭门外山重叠。不尽眼中青,是愁来时节。

情切。画楼深闭,想见东风,暗消肌雪。辜负枕前云雨,尊前花月。心期切处,更有多少凄凉,殷勤留与归时说。到得再相逢,恰经年离别。

在冬去春来,大地复苏的景象中,词人触景生情,表达了自己内心深沉的思乡之念。开篇写景,初春时节,阳光和煦,梅花开放,但是这一切并不能引起词人心灵的欢悦,反而萌生出离愁与别恨。"旧恨"二字,揭示出词人心中郁积着无限的离恨。下片"情切"二字,承上转下,由景物描写转而回忆夫妇之情。全词从表象上看,似乎仅仅抒写夫妇间的离愁别恨,实则寓寄着更深一层的思想感情。当时南宋朝廷屈辱求和,权奸当道的社会环境里,词人心中有着难以明言的苦衷,故"借物言志",寄象意外。

○**肌雪**:指人的皮肤洁白如雪。○**枕前云雨**:此处指夫妇欢合,借指男女相爱。

清平乐·春晚

王安国

留春不住,费尽莺儿语。
满地残红宫锦污,昨夜南园风雨。

小怜初上琵琶,晓来思绕天涯。
不肯画堂朱户,春风自在杨花。

此词交叉叙写听觉与视觉的感受,用极好的笔触勾勒出一幅残败的暮春图,全词融情于景,表达了词人伤春、惜春、慨叹美好年华逝去的情怀,寄寓了作者深沉的身世感慨。一夜风雨过后,园花凋谢,残红败蕊,满地飘零,狼藉不堪。百花盛开之时,灿烂本如宫锦,可惜如今却一片残败景象。远处传来的琵琶声哀婉动人,不知叹有多少闺中佳人长夜不眠。漫天飞舞的杨花,自由自在,飞向山坡、飞向湖畔,却始终不肯飞入那权贵人家的画堂朱户,这景象令人深思,也是一种人格的象征。

○**宫锦**:宫中特用的锦缎。这里用来比喻昨夜被风雨摧残的落花。○**南园**:泛指园圃。○**小怜**:北齐后主高纬宠妃冯淑妃名,善弹琵琶,这里泛指歌女。

燕山亭 北行见杏花

裁剪冰绡,轻叠数重,淡着燕脂匀注。新样靓妆,艳溢香融,羞杀蕊珠宫女。易得凋零,更多少无情风雨。愁苦。问院落凄凉,几番春暮。

凭寄离恨重重,这双燕,何曾会人言语。天遥地远,万水千山,知他故宫何处。怎不思量,除梦里、有时曾去。无据。和梦也新来不做。

这首词上片描写杏花,用笔细腻,勾勒出一幅绚烂的画面,接着笔锋一转,写杏花被风雨摧残的衰败景象,花开到花败这个过程寄托着词人对帝王生活的痛苦回忆,也暗示自己的境遇,怜花怜己,语带双关。下片抒写离恨哀情,借燕子与做梦层层深入,道出从期望到失望,由失望而绝望的哀痛心情,而几度"故国梦重归"又使沉重的思念和失望得到片刻的安慰,但近来连梦也没有,自己的心情终于陷入了绝望之中。全词真挚深沉,字字泣血,在如泣如诉中流露真情。

○靓妆:用脂粉打扮。○蕊珠宫女:仙女。蕊珠宫:道教传说仙人居处。

明 陆治 花鸟扇面十开

水调歌头

隐括杜牧之齐山诗

江水浸云影,鸿雁欲南飞。携壶结客何处?空翠渺烟霏。尘世难逢一笑,况有紫萸黄菊,堪插满头归。风景今朝是,身世昔人非。

酬佳节,须酩酊,莫相违。人生如寄,何事辛苦怨斜晖。无尽今来古往,多少春花秋月,那更有危机。与问牛山客,何必独沾衣。

这首词,即隐括杜牧《九日齐山登高》:"江涵秋影雁初飞,与客携壶上翠微。尘世难逢开口笑,菊花须插满头归。但将酩酊酬佳节,不用登临恨落晖。古往今来只如此,牛山何必独沾衣。"朱熹在词中注入了自己独特的儒家哲学思想,一改原诗的消极情绪。今日投入大自然怀抱,自是笑逐颜开,更何况鲜花满山。"风景今朝是,身世昔人非。"表明多少登高望远的人,已经成为过去,而美好的大自然却依旧真实、生机勃勃。词人不仅肯定了当下的美景,也肯定了景中之人和当下的人生。词人劝勉朋友,尽管酩酊一醉,莫要辜负大好时光。此词抒发性情哲思,深入浅出,深含理趣。

○隐括:指对原有作品的内容、语言加以剪裁、修改而成新篇。○结客:和客人们一起登山。○尘世:即人生。○紫萸:即茱萸,一种有浓烈香味的植物。

玉楼春

欧阳修

尊前拟把归期说，欲语春容先惨咽。
人生自是有情痴，此恨不关风与月。
离歌且莫翻新阕，一曲能教肠寸结。
直须看尽洛城花，始共春风容易别。

此词咏叹离别，深入浅出，平白直叙，于离别之中蕴含着深刻的人生价值观。上片直接叙写眼前情事，后转向人生的沉思。樽前美酒，欲语话别，话未出口，春容惨咽，风花雪月本无情，但在情痴人眼里，却又是那般让人伤心断肠。下片则重新回至樽前话别，离歌新阕，虽是旧曲，然一曲便教人愁肠寸结，离别的哀伤升华至极致，却在结尾扬起，他要"看尽洛城花"，然而花毕竟有"尽"，人终是要"别"，于豪宕之中隐含着沉重的悲慨。

○尊前：即樽前，饯行的酒席前。○春容：如春风妩媚的颜容。这里指别离的佳人。○离歌：指饯别宴前唱的流行的送别曲。

春路雨添花，
花动一山春色。

清平乐

晏殊

金风细细,叶叶梧桐坠。绿酒初尝人易醉。一枕小窗浓睡。

紫薇朱槿花残。斜阳却照阑干。双燕欲归时节,银屏昨夜微寒。

词人以精细的笔触,描绘了凉爽的秋风、衰败的紫薇、木槿、斜阳照耀下的庭院等冷清索寞的意境,抒发了词人淡淡的忧伤。上片写酒醉以后的浓睡。起首二句在写景中点明时间,渲染环境。笔触轻灵,色调淡雅,语气仿佛与一位友人娓娓而谈。下片则写次日薄暮酒醒时心情悠闲、神情倦怠的感觉,通过眼中所见的景象折射出心情之悠闲,神态之慵怠,反映出一点淡淡的愁意。全词除了"绿酒""银屏"之外,大都写得较清晰,华贵娴雅,意境清幽。

○金风:秋风。○银屏:银饰屏风。

少年游

重阳过后,西风渐紧,庭树叶纷纷。
朱阑向晓,芙蓉妖艳,特地斗芳新。

霜前月下,斜红淡蕊,明媚欲回春。
莫将琼萼等闲分,留赠意中人。

这首词咏木芙蓉。开篇前三句为景语,写重阳之后的自然景象,西风庭叶渲染出清秋凄凉的气氛。在此氛围下,词人反写一笔:秋天的清晨,芙蓉簇为一处,淡雅芬芳,反衬出芙蓉清秋盛开的可贵之处。下片前三句中,清霜明月下,微斜的花朵与微黄的花蕊,是多么明丽动人,春天将要回转了,芙蓉似乎把萧瑟凄凉的秋天化为美好的春天。结句承上抒怀:不要将这动人的花儿随意摘下,还是把它送给思念的人儿吧,惜花亦惜人,为点睛之笔。

西江月

黄陵庙

张孝祥

满载一船明月,平铺千里秋江。波神留我看斜阳,唤起鳞鳞细浪。
明日风回更好,今宵露宿何妨?水晶宫里奏霓裳,准拟岳阳楼上。

这首词是词人在赴任途中所作。开篇两句写舟泛湘江一路行来的景色,接着两句由自我想象进入一种主观幻觉心理的变化。当时他为风浪所阻,然而他并没有正面描绘汹涌的波浪,而是着眼于波臣风伯的"善戏",在词中倾注了浓烈的主观想象色彩,将现实与想象、幻觉心理与时空变化等非常和谐地描绘在一幅画面上,使人感到似幻似真,大大增强了词的艺术魅力。下片即景抒情。面对风遏行舟,词人依然镇定自若。结尾充满想象,也揭露了他内心的意愿,当行舟到达岳阳时,一定要登楼眺望洞庭湖的旖旎风光。

○**波神**:水神。 ○**准拟**:准定。

明
陆治 花鸟扇面十开

鹧鸪天

暗淡轻黄体性柔,情疏迹远只香留。
何须浅碧深红色,自是花中第一流。
梅定妒,菊应羞,画栏开处冠中秋。
骚人可煞无情思,何事当年不见收。

这首词盛赞桂花,以群花作衬,以梅花作比,以议论入词,又托物抒怀。咏物既不乏形象,议论也充满诗意,别开生面又形象地展现了桂花超尘脱俗的品质。开篇两句形神兼备,写出了桂花的独特风韵,上句写"色",下句言"香"。接着转入议论,"何须"二字把仅以"色"美取胜的群花一笔荡开,将桂花许为"花中第一流"。桂花貌不出众,色不诱人,但却"暗淡轻黄""情疏迹远"而又馥香自芳,这正是词人品格的写照。全词咏物而不滞于物,形象地展现了词人超尘脱俗的美学观点和对桂花的赞美和崇敬。

○骚人:指《离骚》的作者屈原。

玉楼春

红酥肯放琼苞碎。探著南枝开遍未。
不知酝藉几多香,但见包藏无限意。
道人憔悴春窗底,闷损阑干愁不倚。
要来小酌便来休,未必明朝风不起。

这是一首咏梅词。不仅写活了梅花,而且活画出赏梅者虽愁闷却仍禁不住要及时赏梅的矛盾心态。首句以"红酥"写梅花花瓣宛如红色凝脂,以"琼苞"形容梅花花苞的美好,均抓住了梅花的特征,"肯放琼苞碎",是对"含苞欲放"的巧妙说法。下片由咏梅转写赏梅之人。"道人"是作者的自称,意为学道之人。"憔悴""闷"和"愁",表现词人的外貌与内心情状。"春窗"和"阑干"交代客观环境,表明她当时困顿窗下,愁闷煞人,连栏杆都懒得去倚,展现出一幅名门闺妇的春愁图。

○**红酥**:这里指色泽滋润的红梅。○**琼苞**:像玉一般温润欲放的鲜嫩梅蕊。○**小酌**:随便的饮宴。

如梦令

李清照

昨夜雨疏风骤。浓睡不消残酒。试问卷帘人,——却道"海棠依旧"。知否,知否?应是绿肥红瘦!

此词借宿酒醒后询问花事的描写,委婉地表达了作者怜花惜花的心情,因惜花而痛饮,因明知花谢却又抱一丝侥幸心理而"试问",因不信"卷帘人"的回答而再次反问,如此层层转折,步步深入,将惜花之情表达得摇曳多姿。全词寥寥数语,但却有景,有人,有话,清楚地交代了事情的来龙去脉。以景衬情,跌宕起伏,意味深长,充分体现出作者对大自然和春天的热爱,也流露出了内心的苦闷。

○**浓睡**:酣睡。○**残酒**:尚未消散的醉意。○**卷帘人**:有学者认为此指侍女。○**绿肥红瘦**:绿叶繁茂,红花凋零。

明 孙克弘 花鸟扇面十开

西江月

吴文英

枝袅一痕雪在,叶藏几豆春浓。玉奴最晚嫁东风。来结梨花幽梦。

香力添熏罗被,瘦肌犹怯冰绡。绿阴青子老溪桥。羞见东邻娇小。

此词吟咏晚开的梅花。上片连续化用欧阳修、张先、苏轼等人咏梅的词句,以显晚梅之情态,冰清玉洁,带给人间浓郁的春意。下片将花拟人化,以寄寓作者的人生失意之感。全词前后一贯,运用想象、拟人等手法,清丽自然。选材新颖,视角独特,仅仅八句,却运用了拟人、比喻、烘托、对比、用典等多种修辞手法,均自然贴切,富有艺术美感,将词人对梅花的无限怜爱之情表达得淋漓尽致,显示出词人在构思、运笔、遣词等方面的深厚的创作功力。

〇几豆:指梅子。〇玉奴:南齐东昏侯的潘妃字玉奴,东昏侯兵败,玉奴与他同死。古人常以玉奴指女子,此指青梅。〇冰绡(xiāo):洁白的生丝制品。〇东邻:原指美女,此处指梅花。

好事近

梦中作

春路雨添花,花动一山春色。
行到小溪深处,有黄鹂千百。

飞云当面舞龙蛇,夭矫转空碧。
醉卧古藤阴下,了不知南北。

此词以娴熟的技巧,表现了奇丽的色彩、奇特的境界,充满浪漫主义情调。上片写词人在梦中看到的美景。漫步在景色瑰丽的山路上,一场春雨,滋润了万物,给人以洗尽轻尘的快感。漫山遍野的春花争奇斗艳,深山里群鸟汇集,嬉戏喧闹,交相和鸣使得春天更显生机勃勃,气象万千。下片则写词人的醉酒。"夭矫"二字,写出龙蛇盘曲而又伸展的动态,极富形象性。面对如此美好的春色,怎能不开怀畅饮?结尾由动至静,创造了一种无我之境,反映了词人消极出世的思想。这首词其实是词人假借美好春光的梦境来排遣现实中的苦闷。

○**龙蛇**:似龙若蛇,形容快速移行的云彩。 ○**夭矫**:屈伸自如的样子。

念奴娇

宜雨亭咏千叶海棠

绿云影里,把明霞织就,千重文绣。紫腻红娇扶不起,好是未开时候。半怯春寒,半宜晴色,养得胭脂透。小亭人静,嫩莺啼破清昼。

犹记携手芳阴,一枝斜戴,娇艳双波秀。小语轻怜花总见,争得似花长久。醉浅休归,夜深同睡,明月还相守。免教春去,断肠空叹诗瘦。

这首词咏海棠。起首三句总写海棠之美。连用三个比喻,渲染出红花绿叶交相辉映的秀美景色。"绿云"喻写枝叶之密;"明霞"喻写红花之艳;"文绣"喻写花叶色彩之美。接着两句,以拟人化的手法生动地描绘出海棠花娇而无力的情态。后三句具体而细腻地形容海棠花将开未开之时的特殊美感。下片写人。想起昔日在芳阴下携手同游,她鬓边斜插着一枝娇艳欲滴的海棠花,双眸明秀,秋波含情。接着两句写两人在花前小语,轻怜蜜爱,此情当日,海棠花正是这海誓山盟的见证人。后面几句缠绵悱恻,在爱花情中又加上惜春之情,词意也更进了一层,倾吐出词人对花的无限眷恋之情。

○绿云:喻写海棠花叶枝叶之密、绿荫之浓、点出千叶海棠枝叶茂盛的特征。

明 郁乔枝 花鸟扇面十开

卜算子

松竹翠萝寒,迟日江山暮。幽径无人独自芳,此恨凭谁诉?

似共梅花语,尚有寻芳侣。着意闻时不肯香,香在无心处。

这首词咏空谷幽兰。上片起首一句先从境地之清幽着笔,三四句既有孤芳自赏、顾影自怜的意味,也透露出知音难觅的惆怅。这里是词人借花寓意,抒写志节坚芳而寂寂无闻的才人怀抱。下片与梅花共语,是抒其高洁之怀,闲花野草,均不足以与幽兰为伍。"着意闻时不肯香,香在无心处"是全词的警句,幽兰之所以为幽兰,是因为其幽香可以为人无心领略,却不可有意强求。全词既写出了幽兰淡远清旷的风韵,又以象征、拟人和暗喻的手法寄托作者对隐士节操的崇仰,流露出词人向往出世、归隐的心志。

○迟日:指和煦的春日。

好事近

刘翰

花底一声莺,花上半钩斜月。
月落乌啼何处,点飞英如雪。
东风吹尽去年愁,解放丁香结。
惊动小亭红雨,舞双双金蝶。

这首咏春词写出了从月落乌啼到天明之后一段时间的春色之美。上片写天明之前花鸟的萌动。这时候曙色朦胧,但报晓的黄莺已经在花底发出了第一声啼叫。下片写白天的浩荡春景,一派生机勃勃。前两句写东风劲吹,吹尽了冬天的寒冷,也为人们吹去了去年的哀愁;吹绽了丁香花蕾,就像为花儿解开了愁思。结尾二句写双双金蝴蝶翩翩飞舞,惊动园中小亭那儿落红如雨,显出春之热闹。全片描写精工细致,富有图画之美。

○**飞英**:飞舞在空中的落花。 ○**东风吹尽去年愁,解放丁香结**:意指东风吹散了丁香花满腹的愁闷,如今它可以尽情绽放了。

宋词

水龙吟

倚栏看碧成朱,等闲褪了香袍粉。
上林高选,匆匆又换,紫云衣润。
几许春风,朝薰暮染,为花忙损。
笑旧家桃李,东涂西抹,有多少、凄凉恨。

拟倩流莺说与,记荣华、易消难整。
人间得意,千红百紫,转头春尽。
白发怜君,儒冠曾误,平生官冷。
算风流未减,年年醉里,把花枝问。

这是一首咏物词,咏范南伯家的文官花。上片写文官花的颜色多变及其原因。一二句写出了该花由粉到绿再到红的变化,用笔自然。"上林",这里指翰林院。"紫云衣润"言其变为紫色。如果说前两句写了白、绿、红三色,意象很密,"上林"三句则只写了一种紫色,意象极疏,一疏一密,相得益彰。下片写对文官花的忠告,又巧妙地引出了对范南伯"官冷"的惋惜之意。结尾三句中谓其"风流未减",但"年年醉里,把花枝问"。这虽然表示出词人对花的爱恋,但晚景之凄凉,心绪之愁苦,也可想而知。

明 恽寿平 花鸟扇面十开

花犯 梅花
周邦彦

粉墙低,梅花照眼,依然旧风味。露痕轻缀。疑净洗铅华,无限佳丽。去年胜赏曾孤倚。冰盘同宴喜。更可惜、雪中高树,香篝熏素被。

今年对花最匆匆,相逢似有恨,依依愁悴。吟望久,青苔上、旋看飞坠。相将见、脆丸荐酒,人正在、空江烟浪里。但梦想、一枝潇洒,黄昏斜照水。

词的上片从眼前的梅花着手,叙写其风神,再回想去年观赏梅花之情形,展示其风姿依旧。"去年"两句是去年赏梅之第一层,叙写自己客中寂寞,独自一人持酒赏花之景。"宴喜",更映衬词人的孤独。下片回到眼前。词人叙述自己离别在即,故亦无闲情逸致仔细赏花,便觉花亦含有离恨。"吟望久"三句描写梅花凋落。"相将见、脆丸荐酒,人正在、空江烟浪里",这几句承上人花相逢、花落、而想象至梅子可供人就酒之时,自己却正泛舟漂泊于空江烟浪之中。这里借写与梅天各一方,抒发羁旅漂泊之苦。结尾表示此后自己天涯飘零,只能在梦中再去见梅花了,与开头的照眼之梅遥相呼应。

○**铅华**:古代妇女用的黛粉等化妆品。○**香篝**:即熏香之笼。此句喻雪覆盖梅树,像白被放在熏笼上一样。○**脆丸**:梅子。

水龙吟

梨花

周邦彦

素肌应怯馀寒,艳阳占立青芜地。樊川照日,灵关遮路,残红敛避。传火楼台,妒花风雨,长门深闭。亚帘栊半湿,一枝在手,偏勾引、黄昏泪。

别有风前月底。布繁英、满园歌吹。朱铅退尽,潘妃却酒,昭君乍起。雪浪翻空,粉裳缟夜,不成春意。恨玉容不见,琼英谩好,与何人比?

上片起首两句用拟人化手法描绘出梨花立于绿草地上,给人一种静穆的自然感。"樊川照日"三句,用豪放之笔,勾画出一幅壮阔的空间。"传火楼台"三句,写梨花开落的时间,也使梨花的形象更为鲜明。结尾的"黄昏泪",点明时间,此泪是伤春之泪,亦是怀人之泪。下片用"别有"二字急转,创造一个新的境界。"风前月底",四个字,高度概括了当年明皇梨园的风流韵事。想见当年梨园里梨花香雪,丝竹管弦,何等兴会!"雪浪翻空,粉裳缟夜"二句,谓李花"不成春意",自不足以比梨花。以一"恨"字领三个四字句,发出梨花无人可比之叹。

○**素肌**:白色的肌肤,比喻洁白素雅的梨花。○**缟(gǎo)夜**:映照黑夜。○**玉容**:指女子的容貌。此指上述陈皇后、王昭君等美人。

宋词

上林春令

十一月三十日见雪

毛滂

蝴蝶初翻帘绣,万玉女、齐回舞袖。
落花飞絮蒙蒙,长忆著、灞桥别后。

浓香斗帐自永漏,任满地、月深云厚。
夜寒不近流苏,只怜他、后庭梅瘦。

此为一首咏物词。上片描绘飞雪的动态美,如蝴蝶穿帘,如玉女飞舞,如落花轻飏,如飞絮飘洒。正因雪"飘",才更显词人飘荡羁旅之悲情。下片写雪的静态美,以蜡梅衬寒雪,既勾画了雪之洁白无瑕,又表现了梅之清高品质,从而寄托了词人孤芳、高洁的志趣。本词上片采用博喻修辞法,正面描写雪的多姿多彩;下片以清高蜡梅衬洁白寒雪,表现了一种秀雅飘逸的静态美。

○永漏:即"漏永",意夜深。

明
山水扇面十二开

望江南

王琪

江南月,清夜满西楼。云落开时冰吐鉴,浪花深处玉沉钩。圆缺几时休。

星汉迥,风露入新秋。丹桂不知摇落恨,素娥应信别离愁。天上共悠悠。

这首咏月词,借景抒怀,托物言情,意境悠远,含蓄蕴藉。起句写一个天朗气清的秋夜,月光洒满了西楼。天上月在云堆散开之时,圆月如冰鉴高悬天宇,江中月在浪花绽放深处,缺月似玉钩沉落江心。"冰吐鉴""玉沉钩",句式新颖别致,颇具匠心。下片前两句写斗转星移,银河迢迢,不觉又是金风玉露的新秋。月中丹桂四时不谢,虽然它不会因秋而凋零,但月中嫦娥离群索居,无休止的孤寂的生活中,肯定体验到了离别的痛苦。结句"天上共悠悠",道出了人间离人和天上嫦娥,都为月缺人分离、月圆人未圆而黯然神伤。全词清丽潇洒、简约含蓄的风致,读罢让人难以忘怀。

○**丹桂**:神话传说月中有桂树,高五百丈,斫之,树创随合。○**素娥**:嫦娥之别称。

满庭芳 咏茶

雅燕飞觞，清谈挥麈，使君高会群贤。密云双凤，初破缕金团。窗外炉烟自动，开瓶试、一品香泉。轻涛起，香生玉乳，雪溅紫瓯圆。

娇鬟，宜美盼，双擎翠袖，稳步红莲。座中客翻愁，酒醒歌阑。点上纱笼画烛，花骢弄、月影当轩。频相顾，馀欢未尽，欲去且留连。

这是一首咏茶词，上片前三句既点出主人风姿之高雅，又点明宴集之盛，为写品茗助兴做好了铺垫。"密云""双凤"皆为珍贵的茶饼。"窗外"二句，写生炉子煮水。"轻涛"三句，细写烹茶的情状。下片前四句，写侍女高擎茶具款客的场面。"红莲"，指女子的脚步。"座中"二句，紧承上文。对着名茶美女，怎能不感到良宵太短呢？不禁发愁歌阑酒醒时，人将归去。"点上"二句，说月已当轩，马弄月影，暗示已到该离去之时。"频相顾"三句，写宾客尚未尽欢，流连不忍离去。此词既传神地写出了煮茶的程序，又写出了侍女的娇美、宾客的流连，充满了清雅、高旷的情致。

○**雅燕**：即"雅宴"，高雅的宴会。○**飞觞**：言举杯饮酒。○**使君**：是对州郡长官的尊称。○**缕金团**：贡品名茶。

少年游

杨忆

江南节物,水昏云淡,飞雪满前村。千寻翠岭,一枝芳艳,迢递寄归人。

寿阳妆罢,冰姿玉态,的的写天真。等闲风雨又纷纷。更忍向、笛中闻。

　　此为咏梅之作,全词寓情于景,营造出一个若即若离、空朦柔美的意境。上片起首三句,点明地点和时令,刻画出风雪中的景象,为描写早梅作铺垫。用"水昏云淡""飞雪前村"烘托出梅的"冰姿玉态",淋漓尽致地表现出梅的傲雪精神。下片描写梅的"芳艳",并寄托词人的惆怅和伤感。"冰姿"二句,是对梅花的高度赞美,"等闲"二字表明其无缘无故遭到摧残。"更忍向、笛中闻",以情作结,辞尽意远。全词借物言情,营造出的艺术境界,令人回味。

○**千寻**:形容极高或极长。古以八尺为一寻。**翠岭**:指位于粤、赣交界处的梅岭。据传张九龄为相,令人开凿新路,沿途植梅,故有此称。○**迢递**:遥远貌。○**的的**:古时女子的一种装饰。

明 山水扇面十二开

浣溪沙 咏橘

菊暗荷枯一夜霜。新苞绿叶照林光。竹篱茅舍出青黄。

香雾噀人惊半破，清泉流齿怯初尝。吴姬三日手犹香。

这是一首咏橘词。上片"菊暗荷枯"四字，是词人《赠刘景文》诗"荷尽已无擎雨盖，菊残犹有傲霜枝"的概括。"一夜霜"表明经霜之后，橘始变黄而味愈美。"新苞绿叶"四字，描写自然，再以"照林光"描绘之，可谓得橘之神。接着一个"出"字，表明竹篱茅舍掩映于青黄相间的橘林之中，可见橘树生长之盛。下片写尝橘的情状。"香雾""清泉"之喻，将橘子的美味刻画得淋漓尽致。"惊""怯"二字，活画出女子尝橘时的娇态：惊于橘皮迸裂时的香雾溅人；怯于橘汁的凉冷和酸味。末句点出"吴姬"，实际也点明新橘的产地。"三日手犹香"以夸张的手法作结，余味无穷。

◎一夜霜：橘经霜之后，颜色开始变黄而味道也更美。◎吴姬：吴地美女。

踏莎行

杨柳回塘,鸳鸯别浦,绿萍涨断莲舟路。
断无蜂蝶慕幽香,红衣脱尽芳心苦。

返照迎潮,行云带雨,依依似与骚人语。
当年不肯嫁春风,无端却被秋风误。

这首词咏荷花。起首二句写荷花生长环境之优美,第三句写水面宽广,池塘中长满了绿色的浮萍,连采莲小舟来往的路都被遮断了。"断无"两句写荷花寂寞地开落、无人欣赏。词人用"红衣""芳心"将荷花比作亭亭玉立的美人;用"幽香"形容她的高洁,也表达了她的寂寞处境和悲苦心情。下片写景加抒情。用傍晚雨后初晴的荷塘景象,烘托了荷花黯淡苦闷的心境。接着一个"似"字,表明荷花像美人一样在向人诉说着她的境遇。结尾两句表明了荷花不愿意趋时附俗的个性,"无端""却"含有始料未及的意蕴。将对秋风的埋怨和自怨自怜结合起来,感情内涵非常丰富。

东风第一枝 咏春雪 史达祖

巧沁兰心,偷粘草甲,东风欲障新暖。谩凝碧瓦难留,信知暮寒轻浅。行天入镜,做弄出、轻松纤软。料故园、不卷重帘,误了乍来双燕。

青未了、柳回白眼,红欲断、杏开素面。旧游忆着山阴,厚盟遂妨上苑。熏炉重熨,便放慢、春衫针线。恐凤鞋挑菜归来,万一灞桥相见。

这是一首咏雪词。开头用兰吐花、草萌芽来照应"新暖",但不期而至的春雪却带来春寒,"巧沁""偷粘"写静态的雪景。"难留"二字写薄薄的积雪顷刻间消融,透出春意。"行天入镜"二句,正面写雪。"轻松纤软"写出了春雪之柔软细腻。后用双燕传书抒发念故园、思亲人之意,异乡沦落之感溢于言表。下片开始写春中的景物,接着连用两典写人。"旧游忆着山阴",用王徽之雪夜访戴逵,至门而返的典故;"后盟遂妨上苑",用司马相如雪天赴梁王兔园之宴迟到的典故。"灞桥"又用一雪典,暗示出词人在这大地复苏时节仍旧凄凉。一个"恐"字,显得情致婉约,清空脱俗。

明 山水扇面十二开

踏莎行 雨中观海棠

命薄佳人,情钟我辈。
海棠开后心如碎。
斜风细雨不曾晴,倚阑滴尽胭脂泪。

恨不能开,开时又背。
春寒只了房栊闭。
待他晴后得君来,无言掩帐羞憔悴。

这首词咏海棠。上片前两句描述了作者在雨中观海棠的情况,以"命薄佳人"比喻风吹雨淋下的海棠花,表达词人的惋惜伤感之情。春雨绵绵,红似胭脂的海棠花好像流下了不尽的伤春泪水。这些描写自然、贴切,不仅烘托出海棠花开时"斜风细雨"的氛围,而且深得雨中海棠的神致,同时又渲染出全词的感伤情调。"恨不能开",表明词人希望海棠早日开放,无奈却碰上了阴雨天,即"开时又背"。"春寒只了房栊闭"与上片"海棠开后心如碎"遥相呼应,写出海棠遭雨的不幸,流露出词人惋惜的心情。结句用拟人化的手法,写出海棠花无穷的惆怅与哀伤,意犹未尽。

汉宫春 梅

潇洒江梅,向竹梢疏处,横两三枝。
东君也不爱惜,雪压霜欺。
无情燕子,怕春寒、轻失花期。
惟是有、南来归雁,年年长见开时。

清浅小溪如练,问玉堂何似,茅舍疏篱?
伤心故人去后,冷落新诗。
微云淡月,对江天、分付他谁。
空自倚、清香未减,风流不在人知。

这是一首咏梅词。起首以修竹作陪衬,极言野梅品格之孤高。"东君也不爱惜,雪压风欺。"写梅的孤洁瘦淡与不讨喜。梅花是凌寒而开,其蕊寒香冷,不仅与蜂蝶无缘,连候燕也似乎"怕春寒、轻失花期"。接着笔锋一转,用"惟是有"表明还有"南来归雁,年年长见开时",看似自我安慰,实则充满了憾意。下片化用诗人林逋的咏梅名句——"疏影横斜水清浅,暗香浮动月黄昏",写梅的风流与冷落。"伤心"两句感叹林逋逝世后,梅就失去了知音。"微云"三句,写梅花暗香浮动,也无人能赏。结尾以拟人化的手法,极言梅之孤高与风流。

○玉堂:指豪家的宅第。○风流:高尚的品格和气节。

扬州慢

琼花

弄玉轻盈,飞琼淡泞,袜尘步下迷楼。试新妆才了,炷沉水香球。记晓剪、春冰驰送,金瓶露湿,缇骑星流。甚天中月色,被风吹梦南州。

尊前相见,似羞人、踪迹萍浮。问弄雪飘枝,无双亭上,何日重游?我欲缠腰骑鹤,烟霄远、旧事悠悠。但凭阑无语,烟花三月春愁。

这是一首咏琼花词。上片前五句以仙女设喻,描绘琼花的态、色、味。"记晓"三句,遥想当日隋炀帝赏花之景:在清晨剪下像春冰般寒洁的琼花,插入金瓶中时还沾有晨露,由护卫皇帝出行的"缇骑"以流星快马送至行宫供隋炀帝赏玩。"甚天"两句,转入眼前的琼花。以"天中月色"拟之,可谓恰到好处。下片中"吹梦南州",一语点出新意。在酒筵前相见时,花与人已融为一体,故加以拟人化的描写:"似羞人、踪迹萍浮"。词人曾在扬州看到过琼花,而今也一样漂泊来到江南,难怪有"踪迹萍浮"之感了。"我欲"二句,写词人欲往扬州而不得的感慨。"但凭"两句,含有无限情韵。全词中重重慨叹交织在一起,无限伤感,意境凄迷。

二三八

明
山水扇面十二开

月上柳梢头，
人约黄昏后。

永遇乐

落日熔金,暮云合璧,人在何处?染柳烟浓,吹梅笛怨,春意知几许!元宵佳节,融和天气,次第岂无风雨?来相召,香车宝马,谢他酒朋诗侣。

中州盛日,闺门多暇,记得偏重三五。铺翠冠儿,撚金雪柳,簇带争济楚。如今憔悴,风鬟霜鬓,怕见夜间出去。不如向、帘儿底下,听人笑语。

这首词运用今昔对比的手法,以极富表现力的语言写出了今昔盛衰之感和个人身世之悲。上片写今年元宵佳节的情景。起首两句着力描绘元夕绚丽的景象,接着一句"人在何处"却充满了迷惘与痛苦。接着三句写初春之景,借以抒写自己怀念旧都的哀思。"元宵"三句反映了词人多年来的颠沛流离和深重的国难家愁。下片着重用作者南渡前在汴京过元宵佳节的欢乐心情,用"盛日"与"如今"从侧面反映了金兵南下前后两个截然不同的时代以及词人的生活境遇。结尾三句愈发悲凉,词人一方面担心面对元宵盛景会触动今昔盛衰之慨,另一方面又怀恋往昔的元宵盛况,给沉重的心灵一点慰藉。全词蕴含着无限的孤寂悲凉。

○**铺翠冠儿**:以翠羽装饰的帽子。 ○**雪柳**:以素绢和银纸做成的头饰。

解语花 上元 周邦彦

风销绛蜡,露浥红莲,花市光相射。
桂华流瓦,纤云散,耿耿素娥欲下。
衣裳淡雅,看楚女、纤腰一把。
箫鼓喧,人影参差,满路飘香麝。

因念都城放夜。望千门如昼,嬉笑游冶。
钿车罗帕。相逢处,自有暗尘随马。
年光是也。唯只见、旧情衰谢。
清漏移,飞盖归来,从舞休歌罢。

上元节是正月十五,俗名灯节。首句一个"销"字,表明蜡炬在风中逐渐被烧残而销蚀。"露浥红莲"近于虚拟,写出了节日的盛装。"桂华流瓦",用月中有桂树和桂子飘香两个典故为"耿耿素娥欲下"作铺垫。嫦娥翩翩欲下,正如桂花一般。"桂华流瓦"宛如未见其容,先闻其香;"纤云散"如女子揭去面纱。接着又从天上回到人间,"淡雅"二字,与上文的"素娥"相映衬。"箫鼓喧,人影参差"是写实,体现闹中有静;"满路飘香麝"给人以联想,耐人寻味。下片中,"都城放夜"讲时间地点;"千门如昼"显示气派十足;"暗尘"两句写少年情事;"清漏"以下,余音不尽。全词结构缜密,极具匠心。

○浥:沾湿。

临江仙 都城元夕 毛滂

闻道长安灯夜好,雕轮宝马如云。
蓬莱清浅对觚棱。玉皇开碧落,银界失黄昏。
谁见江南憔悴客,端忧懒步芳尘。
小屏风畔冷香凝。酒浓春入梦,窗破月寻人。

首句"闻道"二字,点明都城元夕的热闹景象都是神游,并非实境。"蓬莱"一句写汴京的元宵之夜宛如神仙境界,下句一个"开"字启人想象,言只在上元之夜,玉皇才将"碧落"打"开"。下片中,"谁见"以设问的口气写出了词人的孤寂。"端忧"一句,表明闺中人知道丈夫远在千里之外,乃"懒"去那元夜繁华之地。她只在闺房中,独对薰香袅袅。这种描写,实是词人的设想,也就更深刻地表现了自己对闺中人的思念。"酒浓"句,回到现实,上元之夜,本应是欢乐之夕,而词人却处在凄冷孤寂的心境中,去消受元夕之夜。结句一个"寻"字,越显其孤独寂寞。

○**雕轮**:指华丽的车辆。○**棱**:神灵之威,这里借用。○**碧落**:道家称天空曰碧落。

明 山水扇面十二开

人月圆

小桃枝上春风早,初试薄罗衣。
年年乐事,华灯竞处,人月圆时。
禁街箫鼓,寒轻夜永,纤手重携。
更阑人散,千门笑语,声在帘帏。

这首词上片写观灯的盛况,下片写节日的喜悦。上片第一句点明节令,词人脱却冬装,新着春衫,感到浑身轻快。"年年乐事"三句,写出了华灯似海、夜明如昼、游人如云的境界,而且表达了词人的满怀喜悦。"人月圆时"描写出人间天上的美满景象,也包含着词人自己与所爱之人欢会的一份莫大喜悦。下片突出元宵的听觉感受之盛。热烈的节日气氛融化了春寒,欢闹的人群沉浸于良宵。"更阑人散"言夜色将尽,游人渐散。但"千门笑语"两句却再度把元宵之欢乐推向新境,深刻有力地表现了人们的欢乐。全词情景交融,含蓄蕴藉,生动地表现了节日气氛。

○华灯:彩饰华美的灯。○禁街:即御街。○更阑:夜深。

传言玉女 钱塘元夕

汪元量

一片风流,今夕与谁同乐?
月台花馆,慨尘埃漠漠。
豪华荡尽,只有青山如洛。
钱塘依旧,潮生潮落。

万点灯光,羞照舞钿歌箔。
玉梅消瘦,恨东皇命薄。
昭君泪流,手撚琵琶弦索。
离愁聊寄,画楼哀角。

此词从元宵节的今昔对比中寄托了国家兴亡之感。上片写室外。"月台"二句,言月光下、花丛中,台馆依旧林立,但已弥漫着敌人铁骑的尘埃。"豪华"二句,谓昔日繁华都已消歇,只有青山依旧。"钱塘"两句,写钱塘江潮涨潮落,好像丝毫不管人间疾苦。下片转写室内。词人运用拟人手法,写"灯光"在照到舞殿歌箔时感到"羞",借写客观之物"灯光"的感受写出了亡国人的心境。"恨"字也是运用拟人手法,写"玉梅""恨",实际上是写临安城里南宋之人的"恨"。结尾"离愁"两句,写后妃、宫嫔和词人自己等人的满腔离宫之愁只能寄托在戍楼传来的号角声中,伤心之情,溢于言表。

○东皇:指春神。○弦索:指乐器上的弦、泛指弦乐器,这里特指琵琶。

鹊桥仙

碧梧初出，桂花才吐，池上水花微谢。
穿针人在合欢楼，正月露、玉盘高泻。

蛛忙鹊懒，耕慵织倦，空做古今佳话。
人间刚道隔年期，指天上、方才隔夜。

此词为农历七月初七——七夕节所作。词的上片，起笔自然，但却有几分凄凉：梧桐轻坠，桂花吐蕊，荷花微谢。天下女子都正忙着穿针引线，盼织女赐以心灵手巧。词的下片，句意新奇，看似漫不经心，实则意味深长。词人先是羡慕牛郎织女一年一度的鹊桥会，后又联想至己，却发现无论自己怎么貌美才高，终有一天会如荷花般凄然凋零。强颜欢笑、逢场作戏，不是自己想要的生活。她只想收获一份既真实又简单的爱情。

○穿针人：既指天下女子，也指词人自己。

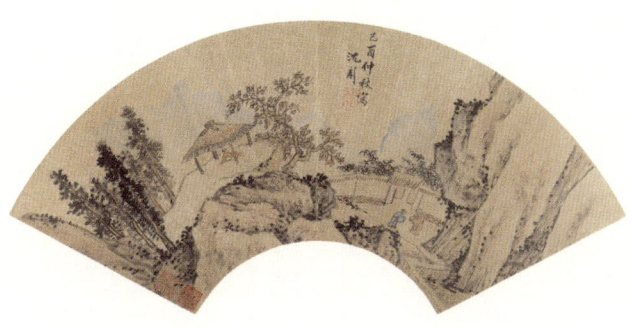

明 沈周 扇面画选八开

鹊桥仙

富沙七夕为友人赋

赵以夫

翠绡心事，红楼欢宴，深夜沉沉无暑。竹边荷外再相逢，又还是、浮云飞去。

锦笺尚湿，珠香未歇，空惹闲愁千缕。寻思不似鹊桥人，犹自得、一年一度。

上片前三句写初逢情事。翠绡传情，令夜宴倍添欢乐。"欢宴"二字，烘托出恋人当时的欢乐与幸福。"竹边"一句，言暗通情愫之后的一次幽会。接着笔锋一转，充满惆怅。苦苦盼望之后的相会匆匆逝去，就像"浮云飞去"一样，令人无奈。下片"锦笺"二句，睹物怀人，叹惋无尽。"尚""未"两字，写锦笺墨迹未干，珠饰还散发着她的香气，而往事浮云，旧情难续。万种愁怀，由"空惹"一句道出，惹出"闲愁千缕"的，不仅是她的所赠，还有七夕及与七夕有关的神话传说。牛郎织女尚能一年一见，而自己和情人的再见却寥寥无期！全词笔淡而情浓，较有特色。

○**翠绡**：疏而轻软的碧绿色的丝巾，古代女子多以馈赠情人。

蝶恋花

密州上元

灯火钱塘三五夜,明月如霜,照见人如画。帐底吹笙香吐麝,更无一点尘随马。

寂寞山城人老也!击鼓吹箫,却入农桑社。火冷灯稀霜露下,昏昏雪意云垂野。

上片描写杭州元宵节时的景况,词人此时刚到密州任知州,恰遇元宵佳节,便写下观灯观月时的情景和感想。词句虽不丰富,却也写得"有声有色"。写灯、月、人,声色交织,充分生动地展现了元宵佳节的繁荣热闹景象。下片写密州上元。首句使情调陡转,"寂寞"二字与前文中"钱塘三五夜"的热闹景象做对比,反衬密州上元,表达出密州上元的孤寂冷清。"火冷灯稀霜露下,昏昏雪意云垂野"二句则写出了密州气候的清寒,表面上意象凄惨,却写出了词人心中的希望,有一种"雪兆丰年"的喜悦之情。

○**钱塘**:词中代指杭州城。 ○**山城**:这里指密州。 ○**垂**:靠近。

水调歌头

丙辰中秋，欢饮达旦，大醉，作此篇，兼怀子由。

明月几时有？把酒问青天。
不知天上宫阙，今夕是何年。
我欲乘风归去，又恐琼楼玉宇，高处不胜寒。
起舞弄清影，何似在人间？
转朱阁，低绮户，照无眠。
不应有恨，何事长向别时圆？
人有悲欢离合，月有阴晴圆缺，此事古难全。
但愿人长久，千里共婵娟。

此词是中秋望月怀人之作。上片望月。"明月几时有？"好像是在追溯明月的起源，又好像是在惊叹造化的巧妙。接下来两句把对于明月的赞美与向往之情更推进了一层。用月宫的高寒，暗示月光的皎洁，把那种既向往天上又留恋人间的矛盾心理表达得十分含蓄。下片怀人。"转""低"都指月亮的移动，暗示夜已深沉。"无眠"泛指那些因为不能和亲人团圆而感到忧伤且不能入睡的人。于是便埋怨明月故意与人为难，给人增添忧愁。接着笔锋一转，"人有"两句充满了哲理意味。"千里共婵娟"，则是要打通空间的阻隔，让人们即便相隔千里也能共享这美好的月光，表达了作者的祝福和旷达乐观的态度。

明 沈周 扇面画选八开

水调歌头·中秋

砧声送风急,蟠蟀思高秋。
我来对景,不学宋玉解悲愁。
收拾凄凉兴况,分付尊中醽醁,倍觉不胜幽。
自有多情处,明月挂南楼。

怅襟怀,横玉笛,韵悠悠。
清时良夜,借我此地倒金瓯。
可爱一天风物,遍倚阑干十二,宇宙若萍浮。
醉困不知醒,欹枕卧江流。

上片中"砧声""蟋蟀"为秋天典型的象征景物。接着两句一反宋玉伤感秋景的幽雅,表现出他旷逸豪宕的襟怀。可是"凄凉兴况"偏不那么容易收拾,酒后更觉不胜其幽。"自有"两句,言此时明月的光辉,把宇宙幻化为一个银色的世界,也把作者从沉压抑的情绪中解救了出来。"怅襟怀"三句,写词人要把他胸中的忧思,用笛声抒发出来。"清时"二句,承上述忧伤的意脉。"可爱"三句,言词人面对诱人的风物,并不是惬意欣赏,而是在倚着栏杆深思,最终悟出了世界像浮萍一样的结论。歇拍"醉困"两句以不结之语收束全词,给人留下想象余地。

○砧声:古人有秋夜捣衣,远寄征人的习俗,砧上捣衣之声表明气候转寒了。○醽醁(líng lù):美酒名。

洞仙歌　泗州中秋作

青烟幂处，碧海飞金镜。永夜闲阶卧桂影。
露凉时，零乱多少寒螀，神京远，惟有蓝桥路近。

水晶帘不下，云母屏开，冷浸佳人淡脂粉。
待将许多明，付与金尊，投晓共流霞倾尽。
更携取胡床上南楼，看玉做人间，素秋千顷。

本词为中秋咏月抒怀之词，描绘出一幅凉意无穷，悠长寂寞的中秋月夜图，烘托出词人的孤寂心境和万千感慨，流露出词人对美好月色的珍惜眷恋。上片写词人仰望皓月初升的壮丽情景和庭中赏月的悲凉情怀。夜空像茫茫碧海，无边无际，一轮明月穿过云层飞入碧空。"飞"字让人充满惊异欣喜之情。下片转写室内宴饮赏月及上南楼望月的场景。寥寥几笔，将月下筵面的高雅素美，赏月兴致的无比浓厚，都写到极致。全词以月起，以月终，天上人间，浑然一体，首尾呼应，词气雄放。

○**幂**：烟雾弥漫貌。○**寒螀**(jiāng)：即寒蝉，体小，秋出而鸣。○**神京**：指北宋京城汴梁。○**蓝桥**：谓秀才裴航于蓝桥会仙女云英事。

蝶恋花

戊申元日立春席间作

辛弃疾

谁向椒盘簪彩胜?整整韶华,争上春风鬓。
往日不堪重记省,为花长把新春恨。

春未来时先借问,晚恨开迟,早又飘零近。
今岁花期消息定,只愁风雨无凭准。

这首词写于正月初一。上片前三句通过描写节日里不知愁的年轻人的欢乐,来反衬自己"忧愁风雨"的老年怀抱。接下来笔锋一转,说明自己并非不喜欢春天,而是痛感无忧无虑的生活对于自己早已成为"往日"的遥远回忆。一个"恨"字,充满了怨恨之情。下片词人急切盼望春来,盼望"花"开。花开晚了让人等得不耐烦,开早了又让人担忧它很快凋谢。通过写自然界的变化,曲折地表达了词人对理想中的事物又盼望、又怀疑、又担忧,最终还是热切盼望的矛盾复杂心情。正月初一,人们忙着庆贺,可对于壮志难酬的词人来说,无疑别有一番滋味。

明 沈周 扇面画选八开

宋词

青玉案

东风夜放花千树。更吹落，星如雨。
宝马雕车香满路。
凤箫声动，玉壶光转，一夜鱼龙舞。

蛾儿雪柳黄金缕，笑语盈盈暗香去。
众里寻他千百度，蓦然回首，
那人却在，灯火阑珊处。

上片渲染了一片热闹的盛况。"花千树"描绘五光十色的彩灯缀满街巷，人们载歌载舞，车马、鼓乐、灯月交辉，极其热闹。下片写一位不慕荣华的美人形象。观灯的女子们穿着美丽的衣服，戴着漂亮的首饰，欢天喜地朝前奔去，所过之处，阵阵暗香随风飘来，但没有一个是他所等待的意中人。偶一回头，却发现自己的心上人站立在昏黑的幽暗之处。这一刻，是人生的精神的凝结和升华，是悲喜交集。全词前后呼应，笔墨之细，可见一斑。语言精致，含蓄婉转，余味无穷。

○**凤箫**：指排箫一类的吹奏乐器，这里泛指音乐。○**玉壶**：指明月。○**鱼龙**：指灯笼的形状。○**盈盈**：声音轻盈悦耳，亦指仪态娇美的样子。

满江红 中秋寄远

辛弃疾

快上西楼,怕天放、浮云遮月。
但唤取、玉纤横管,一声吹裂。
谁做冰壶凉世界,最怜玉斧修时节。
问嫦娥、孤令有愁无?应华发。

云液满,琼杯滑。长袖起,清歌咽。
叹十常八九,欲磨还缺。
但愿长圆如此夜,人情未必看承别。
把从前、离恨总成欢,归时说。

此词为一首望月怀人之作,可能是与词人有着感情纠葛的歌舞女子。上片就中秋月这一方面来写,先以"快"字点出急切之情,又以"怕"字透出担心之意,再以"怜"字表爱月之心,起伏有致,气脉暗转,明里关怀嫦娥之孤冷,暗中感伤自己之幽独。下片先写赏月之宴,后述赏月之人,借月圆说团圆,词人的入骨痴情和体贴怜爱的幽绪,被传递得婉转动人。

○**玉纤**:洁白纤细,指美人的手。○**横管**:笛子。○**冰壶**:盛冰的玉壶。此喻月夜的天地一片清凉洁央。○**玉斧修时节**:刚经玉斧修磨过的月亮,又圆又亮。○**孤令**:即孤零。

好事近

中秋席上和王路钤

明月到今宵,长是不如人约。想见广寒宫殿,正云梳风掠。

夜深休更唤笙歌,檐头雨声恶。不是小山词就,这一场寥索。

这是一首咏中秋节之作,但不是一个普通的中秋节,而是一个暴雨之夜。全词围绕雨里中秋这一特定情景展开描述。上片写景,写中秋节的风雨景色。一方面含蓄地说明了中秋无月,另一方面又对明月"不如人约"表示了不满与失望,为下片抒情做铺垫。为什么中秋无月呢?是云遮月吗?显然不是。但作者没有明言,只是说"想见"嫦娥,在广寒宫里"云梳风掠"。下片抒情,直接抒写自己的心情。表现了作者对中秋夜雨的厌烦,也折射出作者对生活环境的不满。全词曲折婉转,却浑然天成。

○寥索:不热闹,冷落。

明 沈周 扇面画选八开

蝶恋花

九日和吴见山韵

吴文英

明月枝头香满路。几日西风,落尽花如雨。倒照秦眉天镜古。秋明白鹭双飞处。

自摘霜葱宜荐俎。可惜重阳,不把黄花与。帽堕笑凭纤手取。清歌莫送秋声去。

上片主要描绘了重阳节时的所见之景。明月照桂树,花香飘满路。连日刮西风,桂子落如雨。秋高气爽,明月高挂,白鹭受惊,冲霄飞去。下片极言对"秋声"的感受。自摘香葱作祭祀,无奈重阳不肯与菊花。重阳随俗登高,登上高处,清歌一阕,更觉得碧天高远而空旷。"清歌莫送秋声去"是词人的衷心希望,只因秋季是万物收获的季节。

菩萨蛮

吴文英

落花夜雨辞寒食,尘香明日城南陌。
玉屧湿斜红,泪痕千万重。
伤春头竟白,来去春如客。
人瘦绿阴浓,日长帘影中。

这首词通过写寒食节的景象想象清明节女子上坟的哀痛,并抒写青春易逝的感慨,表现了作者闲极无聊的情状。词人在夜雨淅淅沥沥落英缤纷之中告别了这一年一度的寒食节。明后天如果天气转晴,他就将去南郊踏青游春。"玉屧"两句,由清明想到女子上坟时的哀哭状。"千万重",言其落泪之多,表明女子的重情。下片"伤春"两句,转而写男子之情。因哀伤春天的难留而愁白了头发。"人瘦"两句,言词人闲极无聊,漫步轩园又回到室内,一副无所事事,徘徊不定的无聊形象跃然于纸上。

点绛唇

吴文英

时霎清明,载花不过西园路。
嫩阴绿树,正是春留处。
燕子重来,往事东流去。
征衫贮,旧寒一缕,泪湿风帘絮。

　　这首词是作者在清明节追忆苏州去妾之作。"时霎"两句,言时光流逝如白驹过隙。转眼又是清明节,而词人却再也不能手捧鲜花回到苏州与伊人相聚了。因为那里已是人去楼空,归去也只是徒增烦忧罢了。"嫩阴"两句,追忆西园景色。"燕子"两句,言燕子尚能年年按时飞回老家,而那位离他而去的人,却像东流之水一去不返。"征衫贮"三句,言词人整理衣箱,里面只剩下一件她缝制的旧衣,所以面对着这柳絮飘舞的景色,词人忍不住流下了相思之泪。苏妾虽弃他而去,但词人依旧情意绵绵,情思切切,乃是一位至情至性之人。

○西园:词人在苏州寓所旁的花园。

明 沈周 扇面画选八开

宋词

二郎神
柳永

炎光谢。过暮雨、芳尘轻洒。乍露冷风清庭户爽,天如水、玉钩遥挂。应是星娥嗟久阻,叙旧约、飙轮欲驾。极目处、微云暗度,耿耿银河高泻。

闲雅。须知此景,古今无价。运巧思穿针楼上女,抬粉面、云鬟相亚。钿合金钗私语处,算谁在、回廊影下。愿天上人间,占得欢娱,年年今夜。

上片词人以细腻的笔触描绘了七夕的氛围,虚实相间,引发人对幸福爱情的无限遐想。秋高气爽,一轮弯月高高挂起,正是牛郎织女相会的好时候。想象两人分别之久,急切之心要驾风轮飞渡相见。牛郎织女凝视广阔的夜空,银河闪闪发光之时,才苦苦相见。"须知此景,古今无价",意为提醒众人珍惜佳期。接着寥寥几句描写了民间七夕活动,姑娘们对技艺的灵巧与热情跃然纸上。结句"愿天上人间,占得欢娱,年年今夜",点明主题,表达了词人对天下有情之人的美好祝愿。

○**炎光谢**:暑气消散。谢,消散。 ○**乍露**:初次即将结露的时候。 ○**玉钩**:指新月。 ○**星娥**:织女。 ○**耿耿**:闪亮光泽的样子。 ○**云鬟**(huán):高高盘起的环形发髻。 ○**钿合**:镶嵌金银、玉贝的首饰盒。

生查子

欧阳修

去年元夜时,花市灯如昼。
月上柳梢头,人约黄昏后。
今年元夜时,月与灯依旧。
不见去年人,泪满春衫袖。

遥想去年元宵佳期,花市的灯光如白昼般明亮。月儿高高挂在柳树枝头,意中人邀约黄昏之后与我叙表情。词的前两句言有尽而意无穷,男女二人柔情满满,溢于言表。又到今年元宵节,灯光和月光依旧。可是故人已去,泪滴不禁打湿了衣裳。一个"满"字,将物是人非、旧情难续的伤感表现得淋漓尽致。这首相思词,描写了去年与意中人相会,今年却无人陪伴的哀痛,今昔对比,绕有韵味。

○元夜:元宵节的夜晚。农历正月十五为元宵节。　○花市:繁华的街市。

鹊桥仙·七夕

范成大

双星良夜,耕慵织懒,应被群仙相妒。娟娟月姊满眉颦,更无奈、风姨吹雨。

相逢草草,争如休见,重搅别离心绪。新欢不抵旧愁多,倒添了、新愁归去。

这首词吟咏牛郎织女。起笔三句点明七夕,并以侧笔渲染,烘托出一年一度的七夕氛围,扣人心弦。"娟娟"三句写形貌娟秀的嫦娥蹙紧了蛾眉,风姨竟然兴风吹雨。以嫦娥风姨之相妒情节,反衬、凸出、深化牛郎织女之爱情悲剧,独具匠心。下片着力刻画牛郎织女的心态。词人运笔处处不凡,将神话性质进一步人间化。结笔三句紧承上句意脉,再进一层刻画。岁岁年年,相逢仅只七夕之一刻,旧愁何其重,新欢又何其重。旧愁未销,反载了新恨归去。全词辞无丽藻,语不惊人,绚烂于平淡。

○双星:指牵牛、织女二星。○娟娟:美好的样子。○风姨:传说中司风之神。原为风伯,后衍为风姨。○争如:怎么比得上。这里是还不如的意思。

女冠子 元夕 蒋捷

蕙花香也。雪晴池馆如画。春风飞到，宝钗楼上，一片笙箫，琉璃光射。而今灯漫挂。不是暗尘明月，那时元夜。况年来、心懒意怯，羞与蛾儿争耍。

江城人悄初更打。问繁华谁解，再向天公借。剔残红炧。但梦里隐隐，钿车罗帕。吴笺银粉研。待把旧家风景，写成闲话。笑绿鬟邻女，倚窗犹唱，夕阳西下。

此词开篇写对过去元夕的美好回忆，极力渲染了元宵节的氛围。春风和煦，酒旗飘拂，笙箫齐奏，仙乐风飘。"而今"二字承上启下。"灯漫挂"指草草地挂着几盏灯，与"琉璃光射"形成鲜明的对照。"不是"两句既写今夕的萧索，又带出昔日的繁华。"况年来"三句，是今昔不同心情的对比。"江城"一句从灯市时间的短促衬出今宵的冷落，"问""但""待把""笑"等字，写出了词人内心的悲恨酸楚。接着写邻家少女唱南宋的元夕词，心之所触，不禁感到一丝欣慰，故以"笑"而已。这首词或直描，或问写，或借梦境，着力处皆词人所钟之情。

○蕙：香草名。○宝钗楼：宋时著名酒楼，此处泛指精美的楼阁。○炧(xiè)：烧残的烛灰。○银粉研：有光泽的银粉纸。研，以石碾压、磨擦，使之光亮。

鹊桥仙

月胧星淡,南飞乌鹊,暗数秋期天上。锦楼不到野人家,但门外清流叠嶂。

一杯相属,佳人何在?不见绕梁清唱。人间平地亦崎岖,叹银汉何曾风浪!

此为七夕词。记述了词人在七夕夜触景生情,伤心怀人之事。上片起首三句,写七夕所见之景。除了叙事、写景之外,还蕴含着对牛女相会的歆羡、赞美之意。七夕这天,年轻妇女结彩缕穿针,向织女乞求心灵手巧,恩爱夫妻向此对象征永恒爱情的神仙盟誓,祈求爱情的进一步净化与持久。而词人独对"清流叠嶂",而不结"锦楼"乞巧,充分透露出词人枯槁孤寂的心情,给人一种沉重的压抑感。下片写人间。"一杯相属"三句,以沉痛的询问,抒发丧失伴侣的悲哀。也为词人为什么不结彩楼以庆七夕做了解释,呼应前文。结尾两句抒发感叹,议论而兼抒情,耐人寻味。

○相属:敬酒、祝酒。○绕梁清唱:《列子汤问》:韩娥过雍门,唱歌求食。走后,余音绕梁,三日不绝。

扫花游 九日怀归

江蓠怨碧,早过了霜花,锦空洲渚。孤蛩自语。正长安乱叶,万家砧杵。尘染秋衣,谁念西风倦旅。恨无据。怅望极归舟,天际烟树。

心事曾细数。怕水叶沈红,梦云离去。情丝恨缕。倩回纹为织,那时愁句。雁字无多,写得相思几许。暗凝伫。近重阳、满城风雨。

上片用江蓠、蟋蟀声、长安乱叶,万家砧杵点明了当时的时间、地点和氛围。"尘染"两句,转写客况凄凉。"恨无据"三句,描写心中的乡愁无以依托,只有眺望江上远去的归船和天边如烟的树木。下片写内心世界。起首三句,言词人心事重重,无法轻松,只担心美好的往事像荷花凋谢、梦云离去一样,再也不能重现。下句"情丝恨缕",一语概括所有心事。要像晋代苏蕙织锦字回文诗一样,将当时的离愁别绪,写成词章或书信。但是书信又能写出多少相思?结尾三句表明词人在心潮起伏、思绪难平之后,又回到了重阳节和那时的景色上,首尾呼应。

○**长安**:指杭州,南宋的都城。

图书在版编目(CIP)数据

宋词 / 中图文库编委会编. -- 昆明：云南美术出版社，2018.8
(中图文库：典雅精装版)
ISBN 978-7-5489-3272-7

Ⅰ.①宋… Ⅱ.①中… Ⅲ.①宋词－选集 Ⅳ.①I222.844

中国版本图书馆CIP数据核字(2018)第166822号

选题策划：中国图书进出口(集团)总公司　北京漫库文化传媒有限公司
出 版 人：李　维　刘大伟
责任编辑：肖　超　王可心
特约编辑：张　敏
责任校对：缪　伟
封面设计：付　巍

中图文库·典雅精装版

宋词

中图文库编委会　编

出版发行：	云南出版集团
	云南美术出版社(云南省昆明市环城西路609号)
印　　装：	北京彩和坊印刷有限公司
开　　本：	880mm×1230mm 1/32
印　　张：	8.5
字　　数：	170千
印　　数：	1～3000
版　　次：	2018年9月第1版
印　　次：	2018年9月第1次印刷
书　　号：	ISBN 978-7-5489-3272-7
定　　价：	78.00元

版权所有　翻印必究·印装有误　负责调换